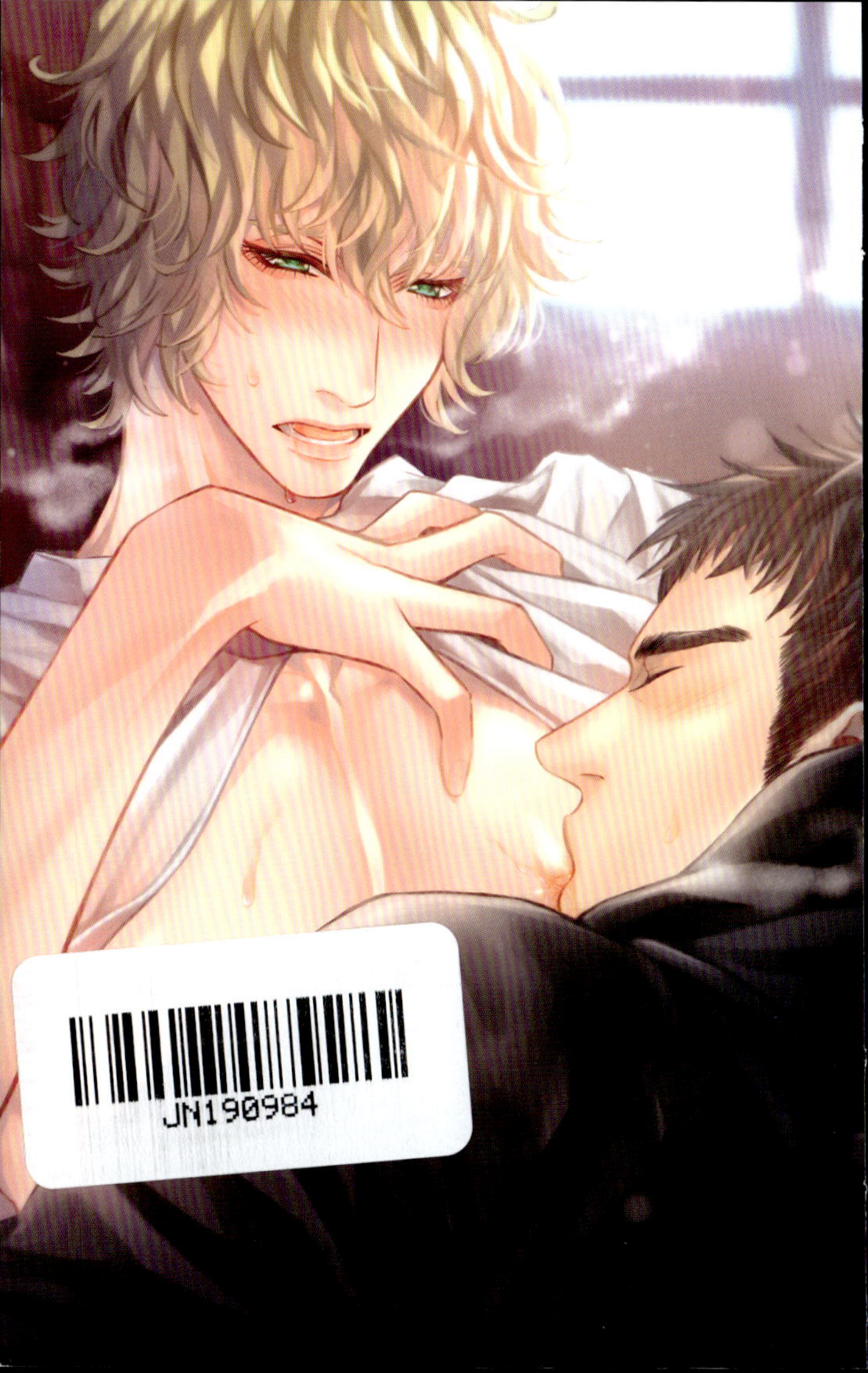

愛蜜❤誘惑❤ジャッカロープ

Akuta Kashima

鹿嶋アクタ

CHOCOLAT BUNKO

ILLUSTRATION 石田恵美

C O N T E N T S

プロローグ

今日は雲ひとつない快晴で、絶好の行楽日和《こうらくびより》。そんなおり柴崎瑛士《しばさきえいじ》は人生最大のピンチを迎えていた。

身長百八十三センチ、体重七十九キロを支えるのは切り立った崖から飛び出ているミズナラの根だ。それが、ぶちぶちぶちと千切れてゆく音を柴崎は絶望とともに聞いていた。

「ぐ、うっ、あぁあ！」

恐ろしくて見下ろすことはできないが、地面まで十メートル以上ありそうだ。もしこのまま落ちたら——どう考えても無事では済まされないだろう。

冷たい汗が背中を伝う。その汗は文字どおり命綱を掴む指にまで滲み出した。

(駄目だ、滑る……！)

必死の形相《ぎょうそう》で根にしがみついていると、ふいに視界の端を過《よぎ》るものがあった。かさ、と落ち葉を踏みしだく音に柴崎は一縷《いちる》の希望を抱く。

登山道から外れたこの場所まで、悲鳴を聞いた誰かが助けに来てくれたのかもしれない。

「おい、誰か……誰でもいい、助けてくれ！　足が滑って崖から落ち……っ」

必死に助けを求める声が途切れる。柴崎は大きく両目を見開いた。

現れたのは、登山客ではなく動物だった。それも柴崎が生まれて初めて目にする奇妙な生き物だ。

姿形はうさぎとよく似ている。つぶらな瞳、ふわふわの毛並み、長い耳、丸い尻に短い尻尾《しっぽ》。だがその生き物は絶対にうさぎではあり得ない。何故なら、その頭には鹿のような角が生えていた。

未知なる生き物を見つめ、柴崎はゴクリと唾《つば》を飲み込んだ。

（か、可愛い……!?）

危機的状況にも拘《かか》わらず柴崎は手の中にカメラがないことを悔やんだ。それは珍しい生き物を撮りたいという欲求というよりは、単純に愛くるしい小動物を激写したい、という気持ちからくるものだった。

（くそ、デジカメはさっき落としちまった……！）

さきほどまで柴崎はデジカメを構え、リスの写真を撮るのに夢中だった。そのせいで足元が疎《おろそ》かになり滑落《かつらく》してしまったのである。

こんないたいけで可愛い動物なのだから、きっと怯えて逃げてしまう。柴崎は人間だし、その人間の中でもデカくてごつくて顔だって厳《いか》めしい類《たぐい》だ。

だが柴崎の予想に反し、可愛い小動物はぴょこぴょこ、とこちらに近づいて来た。金色に近い茶色の毛並み、緑色をベースに金や茶が混ざった複雑な虹彩《こうさい》、近くで見れば見るほどその動物は可愛かった。

（うわ、マジでこっちに来た）

本当に手を伸ばせば届くのではないか、と思う距離まで来てその生き物は柴崎のことを見下ろした。

信じがたい思いでうさぎに似たその動物を眺める。するとどこからともなく男の声が聞こえた。

「うお、なんて凶悪な面《つら》した野郎だ。おまえ、絶対にヤクザだろ」

確かに柴崎はヤクザ顔だ。

切れ長の目は鋭い三白眼《さんぱくがん》で、一切弄《いじ》っていないのに眉は鋭い。鼻筋は通っているものの、薄めの唇はえらく酷薄そうである。

道を歩けば職質されるし女子供は逃げていく。ヤクザに勘違いされることも多かった。

問題は——そのことばが目の前の愛らしい小動物から発せられていることにあった。

「ヤクザがこの山になんの用だ。抗争か？　それとも死体でも埋めに来たのか？」

可愛い姿のくせになんだその無駄にいい声は？　とか、むしろ動物が喋った!?　とか、色々言いたいことは他にもあった。

だが柴崎の口から飛び出したことばは――。

「俺はヤクザじゃない！　公務員だあああああ！」

叫んだ瞬間、指が滑る。不思議な生き物とばっちり視線を合わせたまま、柴崎は宙に投げ出されていた。

気が遠くなるような浮遊感、その数秒後凄まじい衝撃が全身に襲いかかった。

1

「が……っ。あ、ぐ」

身体がバラバラになってしまったかと思う。全身どこもかしこも痛くて痛くて堪《たま》らない。いったいどれくらいの高さから落ちたのか。柴崎は痛みに胸を喘がせながら地面に転がったまま切り立った崖を見上げてぞっとした。

(俺、あんな高さから落ちたのかよ)

背負っていたバックパックが多少なりとも落下の衝撃を受け止めてくれたのだろうか。もし頭を打っていたら、重症どころか死んでいてもおかしくなかった。今更のようにぞっとする。

身体のどこを痛めたのか確認したほうがよさそうだ。だがちょっと身じろぎしようとするだけで絶叫しそうなほど全身が軋む。

(痛ぇ……くそ……ッ)

今すぐ助けを呼ばなければ。身を起こしバックパックからスマホを取り出し、救急に連絡をする。そのなんでもない筈《はず》の手順が、気が遠くなりそうな重労働に思えた。

（でも、どうにかしないと）

このまま意識を失えば、もう二度と目覚めないかもしれない。駄目だ、と柴崎は奥歯を食いしばった。

（くそ……どうしてこんなことに。運動不足解消に登山でもして……ついでにリスさんの写真でも撮れたらいいなって）

せっかくの休日、ちょっとした気分転換のつもりで登山をしに来たのにまさかこんな事故に遭うとはついていない。

ここ藻矢伊山《もやいやま》は薩穂《さつほ》市の中心部から南西約七キロに位置する標高約六百メートルの山である。展望台やスキー場、ロープウェイなども完備されており市民や観光客に人気のスポットなのだ。

それこそ地元小学校の登山遠足にも使われるくらいなので、登山初心者の柴崎が挑むのにちょうどよかった。

自宅マンションから車で三十分かけて、柴崎はその藻矢伊山にやってきた。

八合目あたりまで登ったところで念願のリスを見つけ、柴崎は登山道を逸れて山奥へと踏み入ってしまったのだ。その結果崖から落下した。

（俺がいったい何をしたっていうんだ）

ふと、登山道の入り口で罪のないこどもとその母親を死ぬほど脅かしてしまったことを思い出す。

登山口でルートを看板で確かめていると、突然腰のあたりに衝撃を覚えた。

「わっと、ごめんなさい！」

柴崎が背後を振り向くと、十歳くらいの少年がこちらを見上げて息を呑《の》む。その後ろから母親らしき女性が真っ青な顔で駆け寄ってきた。

「も、申し訳ありません！　あの……こどものしたことなのでどうかご容赦《ようしゃ》ください！　この子にもよく言って聞かせますので」

目に涙を浮かべ、母親が必死に頭を下げる。その横で少年は身体を震わせると、哀れにしゃくりあげた。

「いえ、どうか気になさらずに。は、はは……」

咄嗟《とっさ》に上手《うま》く笑えず、頬が引きつるのが自分でもわかる。親子が身を寄せ合っておののく様子を柴崎はつらい気持ちで一瞥《いちべつ》した。

足早にその場から立ち去りながら、湿った溜息をそっと漏らす。

「なにあれ、ヤクザか何か？」

「相手はこどもじゃないの。可哀想《かわいそう》～」

背後から聞こえるひそひそ声に身を削られるような思いだ。

何もしてないのにこどもに泣かれることも、ヤクザやチンピラに間違われることも通常運転だが、何度経験していたってヘコむものはヘコむ。

（しがない地方公務員を捕まえて何がヤクザだっ）

そういえばさっきの動物にもヤクザだと勘違いされた。アレはいったいなんだったのだろうか。きっと夢か幻だと考えるのが妥当なのだ。

（喋る動物とか、いかにも俺が妄想しそうだもんな）

凶悪な顔に似合わず柴崎は大の小動物好きだった。自宅では『豆餅《まめもち》』という名の白い毛に黒の模様が入ったうさぎを飼っているほどである。

「そうだ、豆餅……っ」

このまま意識を失えば、もう二度と目覚めないかもしれない。駄目だ、と柴崎は奥歯を食いしばった。

ここで柴崎が力尽きたらいったい誰が豆餅のお世話をしてくれるというのか。念のため餌も水もたっぷり与えてきたが、それでも三日もすればなくなってしまう筈だ。

うさぎは常に胃を動かしていないと体調を崩してしまう。

この凶悪な顔のせいで、友人はそれほど多くない。最後に彼女がいたのは二年前で現在は女友達さえいない。

別れる直前、柴崎は彼女にプロポーズをしたが断られた。ほどなくしてふたりは別れたが、その半年後、元彼女がメガバンク勤務の男性と結婚したことを風の噂で耳にした。つまり柴崎は二股かけられていたうえ、男として勝負に負けたのである。失恋の痛手《いたで》が癒《い》えるどころか、時間差で追撃を食らった。

二股をかけるような女と結婚しなくてよかった。そう思って自分を慰めようとしても惨めな気持ちはなくならない。おかげさまで柴崎はちょっとした女性不信に陥った。

親類縁者たちとも濃い付き合いはなく、毎日連絡を取り合うような人間は皆無だ。

（今日は土曜日だから、職場の人間が俺の無断欠勤に気づくのが月曜日……騒ぎになるまでさらに三、四日はかかるかもしれん）

豆餅のために必ず生きて帰らなければ。そう思うのに、いよいよ目の前が暗くなってくる。柴崎は閉じようとする瞼《まぶた》を必死にしばたたいた。

ほんの数メートル先にうさぎがいる。まるでこちらの様子を窺《うかが》っているようだ。

（どうして、ここに豆餅が？）

こんな場所にいるわけがない。愛しの飼いうさぎの幻像を見るなんて、お迎えが近いのではないだろうか。

（そうか、これが走馬灯《そうまとう》ってやつなんだな……）

何もかも諦めかけそうになった柴崎だったが、ふと違和感を覚える。違う、あれは豆餅ではない。

白い毛の豆餅に対し、目の前のうさぎは全体的に金色に近い茶色の毛並みだ。柴崎に警戒しながらも、うさぎがこちらに近寄ってきた。

その愛らしい姿に、全身を苛《さいな》む痛みもちょっとだけ忘れる。

（ああっ、茶色のうさぎも可愛いなあ。はあああ、可愛いすごく可愛い。ああ、もう豆餅と同じくらい可愛い。かわ……あれ？）

シルエットがはっきりしてくるにつれ、柴崎は気がついた。長い耳に牡鹿《おじか》の角。さっき柴崎のことをヤクザと呼んだ謎の生き物だ。口に何か咥《くわ》えている。よく目を凝らして見ればデジカメであることがわかった。

「おまえ、それ俺の……カメラ」

ひょっとして柴崎のところへ持ってきてくれたのだろうか。

視界が急激に暗くなる。あれほど感じていた痛みがふっと遠くなった。意識を失うのだとわかっても、抗うことができない。

（すっげえ可愛い……。撫でたらきっと、もっふもっふだろうなあ……）

見ただけでわかる柔らかそうな毛並みに思わず笑みが漏れる。存分に撫でて、そっと顔を埋めたい。胸いっぱい息を吸ったらお日様の匂いがしそうだ。

触れられないならせめて見て楽しみたかった。そう願うのに、もう目を開けることもできない。残念無念だ。

そんなことを考えながら、柴崎は遂に意識を失った。


甘い。

舌に触れた優しい甘さにほっとする。甘ったるい菓子やら飲み物やらは苦手だが、仄《ほの》かで自然な甘みは嫌いじゃない。

（たとえば今俺が飲んでるこの……）

この、なんだろう？

正体不明の液体をさらに一口飲みくだしながら、柴崎はゆっくり目を開いた。寝起きのせいか頭がぼんやりする。いったいここはどこだろう。

（というか、今何時だ？　遅刻……！）

完全に目が覚める。そのついでに今日は休日であることを思い出した。ほっとしたところで改めて周囲を確かめる。

後頭部や背中の感触からして、床の上に仰向けで寝かされているようだ。見上げる天井は低く、年季《ねんき》の入った梁《はり》が剥き出しになっている。山小屋か何かだろうか。

顔だけ横に向けると小屋の中央にちいさな灯油ストーブが置いてあるのが見えた。他に家具らしきものもなく、物寂《ものさび》れた様子だ。

そこまで思って柴崎はハッとする。

（……確か俺、藻矢伊山へやってきたんだよな）

一気に記憶が蘇《よみがえ》る。そしてそうだ、柴崎は崖の上から滑落した。意識を失った時の状況を思えば、到底無傷で済んだとは思えない。

怪我《けが》の具合を確かめねば、と柴崎が身じろいだ瞬間だった。

「おっ、やっとお目覚めかよ。あんた、どっか痛いところはあるか？」

ふいに男の声が降ってきた。視界いっぱいに緑と茶色が複雑に入り混じった虹彩が飛び込んでくる。知らない声、知らない瞳だ。

突然のことに、柴崎はびくりと身を竦《すく》めた。

「ち、近いっ！」

距離の近さに思わず仰け反るが、後頭部がゴリゴリと床を擦っただけだった。柴崎の様子を見て相手が身を引いてくれる。そこで柴崎は気がついた。

（うおっ。ものすごいイケメン……！）

目の前にいたのは、テレビか雑誌の中でしかお目にかかれないような美形だった。歳は二十歳かもっと若いかもしれない。寂れた小屋に何故こんなイケメンがいるのだろう。なんだか現実感がおかしくなりそうだ。

（顔ちっさ！　俺の半分くらいしかないんじゃないか。でも目はデカイ……）

くっきりした二重は切れ長で、睫毛《まつげ》が長く密集して生えている。鼻はすっきりと高く、形のいい唇は男なのに艶《つや》やかだ。

パーツごとに見れば女性的と言ってもおかしくないのに、意志の強そうな眉と、すっきりした輪郭《りんかく》のせいで女っぽくは見えない。

（正真正銘のイケメンってやつだな……）

イケメンは白い半袖Tシャツ一枚に、ジーンズを身につけている。今日の最高気温は十五度、軽く羽織りものが必要だ。しかもここは標高が高いので地上より二、三度気温が低い筈だった。

（寒くないのか、このひと。そういえば外国人は体温が高いから薄着でも大丈夫って話だったか）

金色に近い茶髪は艶やかで、癖毛なのか毛先がすこしだけ跳ねている。瞳の色からしてきっと天然のものだろう。

柴崎は昔付き合っていた恋人の髪を思い出していた。手入れなどかなり気を配っていたが、彼女の髪はもっとぱさぱさしていた。彼の髪は触り心地もよさそうだ。

思わずぼうっと見惚《みと》れていると、整った眉が次第に顰《ひそ》められてゆく。

「あんた、俺の話聞いてる？　起きたまま寝てんのかよ」

イケメンの日本語は流暢《りゅうちょう》だった。少々口が悪いのはご愛嬌だ。強面《こわもて》の柴崎に対してもまるで臆するところがないのはありがたい。

「ごめん、聞いてます」

慌てて謝罪したものの、相手の不機嫌な表情は変わらない。

「それだけ？　俺、痛いところないかって聞いたんだけど」

ごめん、とふたたび謝って柴崎は身を起こそうとした。

「……そういえば……背中と足が痛いかな」

たったそれだけの動作で強烈な目眩《めまい》に襲われる。反動で背後へ倒れこむと、後頭部がゴンと床にぶつかった。

「いってえ！」

「ばっ……何してんだ、あんた」

「ぐ、うぅ、痛い……ッ」

さっきまで気にならなかったのに、全身がズキズキと痛み始める。はあ、と大きな溜息《ためいき》とともに、イケメンの呆れ声が耳に届いた。

「起きたばっかりで無理するなって」

ほら、と背中を起こして貰《もら》う。多少目眩がしたが、今度は倒れなかった。全身痛くないところを探すほうが難しい。

柴崎が脂汗《あぶらあせ》を流して呻《うめ》いているとふいにイケメンが言った。

「口、開けろ」

「なに……」

「早くしろ！」

急かされて、わけがわからないまま口を開く。柴崎の間抜けな顔を見て、イケメンは自分のTシャツを喉元まで捲《まく》った。

まず目に入ったのがピンクの乳首だった。慌てて目を逸らしてから柴崎は「ん？」と思い直した。

別に男の乳首なんて珍しくもなんともない。海やプールに行けば皆晒《さら》け出しているではないか。目を逸らすほうがなんだか妙だ。

（いや……でも、なんか……）

イケメンは身体までイケメンなのか、胸筋もバンと発達しているし腹なんてかっちり六つに割れている。その逞しい胸の頂きに存在するピンクの乳首が、なんというか妙に健気《けなげ》なのだ。

（何考えてるんだ、俺はっ。ご無沙汰《ぶさた》すぎて、まさか気が狂ったか!?）

ひとり狼狽《うろた》えながら柴崎があわあわと視線を彷徨《さまよ》わせていると、がしっと両頬を掴まれた。

乾いた掌《てのひら》はそれなりに大きくて温かい。イケメンは柴崎としっかり視線を合わせたまま不本意そうに口を開いた。

「お、俺のおっぱいミルク、ちゅーちゅーして」

語尾にハートマークが見えた気がした。男なのにおっぱいミルクはないだろ。そう冷静に突っ込むのは頭のごく一部で、ほとんど反射的に柴崎は目の前の乳首に吸い付いていた。

(ななな、何をやってるんだ、俺はっ)

ちゅ、とうかつにも可愛らしいリップ音が鼓膜を揺らす。なかば自棄《やけ》になってちいさな突起を吸い上げるとぴゅっと生ぬるい液体が舌に広がった。

「ん、っく」

吐息のようにあえかな声がイケメンから漏れる。その声にどこかソワッとしたものを覚えながら柴崎は激しい喉の渇きを感じていた。

喉を鳴らして滲みでる液体を飲み下す。

(まったりとして、コクがあるのにしつこくない。これならいくらでも飲めそうだ)

ごくごく飲んで喉を潤したいのに、液体はぴゅっぴゅっと少量ずつしか出てこない。焦れる思いで柴崎は無意識に突起に噛みついていた。

甘噛みだったがイケメンは驚いたらしく「あうっ」と大きな声を上げる。申し訳なさに柴崎は慌てて乳首から口を離した。

そうだ、つい夢中になってしまったが柴崎が吸い付いていたのは『男の乳首』だ。半ばパニックに陥りながらも目を向ける。

柴崎から向かって右側の乳首は、濡れてテカって左の乳首よりちょっと尖っている。エロい、と感想を抱いてから思わずごふっと噎《む》せてしまった。

（濡れてるのは、つまり俺がしゃぶったせい……あああ）

思わず声をあげそうになったところ、ふたたび乳首が押しつけられて柴崎は両目を白黒させる。ほとんど反射的に吸いついていた。

美味《おい》しい。何を考えるより先にそう思ってしまう。上品な甘さでどこまでも芳醇《ほうじゅん》、極上ミルクの味わいだ。赤ん坊のように喉を鳴らしながら、柴崎はミルクを貪った。吸えば吸うほどもっととと思う。気がつけばすっかり夢中になっていた。

「くっ……いた、痛いって……やめろ離せ！」

ぽか、と頭頂部に痛みを覚え、柴崎は慌てて乳首から口を離した。

「あんたなあ、いくらなんでも加減しろよっ。乳首取れたらどうしてくれるんだ！」

涙目でイケメンが訴えてくる。さっきまで控えめなピンクベージュだった乳首が、今では真っ赤に熟《う》れているのを見て柴崎は「ごめんなさい！」と頭を下げた。

いてて、と小声でぼやきながら青年がはだけていた服を整える。居たたまれなさに身を縮めながら柴崎はひたすら混乱した。

目覚めてからこちら、いったい何が起きているのだろう。知らない場所で知らないイケメンがいて、そいつの乳首を吸ったらミルクが美味しかった。

本当にどうにかなってしまいそうだ。

柴崎がひたすら頭を下げていると、やがてふうと大きな溜息が聞こえた。

「あんた、見た目のわりにマジで腰低いな。そんなんでヤクザとしてやってけてんの？」

「え？　待て待て俺はヤクザじゃない！」

慌てて否定するとイケメンと真正面から目が合った。見開いた大きな両目が、今にもこぼれ落ちそうだ。

柴崎のことばに青年はこてんと小首を傾げてみせた。その仕草は、いとけないを通り越しいっそあざとい。

「は？　別に隠さなくていいって。ヤクザなんだろ、あんた」

完全に決めつけられて脱力する。柴崎は首を左右に振った。

「この顔だからよく誤解されるが、本当にヤクザじゃない。俺はしがない公務員だ」

「こーむいん……」

ぼんやり呟くイケメンに柴崎は思わず苦笑した。公務員だなんてよほど意外だったのだろうか。改めて相手に向き直る。

「俺の名前は柴崎瑛士、職業はさっき言った通り公務員。改めまして、助けてくれてありがとう。崖から落ちた俺を君がここまで運んでくれたんだろ？」

「お、おう……」

ぽり、と頭をかきながらイケメンは頷いた。

「本当は人間なんか放っておこうと思ったけど、あんたからお仲間の匂いがしたから助けてやったんだ」

気になるポイントが幾つもある。何故男なのに母乳が出るのかとか、その母乳を何故柴崎に飲ませるのかとか。

（しかも『人間なんか』って、まるで自分は人間じゃないみたいな台詞《せりふ》だし。これって所謂《いわゆる》中二病ってやつなのか？）

だが得意げに笑う顔は、こどものように素直だ。そんな表情を見てしまうと柴崎はことばに詰まってしまう。

悪い人間ではないのだろう。たぶん、だが。

「もし嫌じゃなかったら、君の名前を教えて貰ってもいいかな」

まさかイケメン君と呼びかけるわけにはいかないだろうと思い、柴崎はストレートに訊ねてみた。

「……アルミラ」

ちょっと間があったがきちんと答えてくれる。柴崎は教えて貰った名前をさっそく呟いてみた。

「アルミラか。名前までイケメンなんだな」

「別に……そんないいもんじゃない」

褒めたのに、アルミラはそっぽを向いて唇を尖らせている。いい名前だと思うが、本人はあまり気に入っていないのだろうか。

話しているあいだに気が紛れたのか、さきほどの痛みが嘘のように引いていた。調子に乗って柴崎は質問をつづけた。

「ところでここはどこなんだ。藻矢伊山の避難小屋か？」

小屋は狭く、ぐるりと見回しても煮炊きできるスペースや風呂やトイレなどの設備も見当たらない。ちょっとした休憩場所といった印象だ。

だが柴崎は内心首を捻っていた。藻矢伊山は標高が低いので、本来であれば避難小屋など必要ない筈だ。

（どっかの大学の山岳部が管理している休憩小屋なのかもな）

ではアルミラはその山岳部に所属している大学生といったところか。我ながら納得のいく答えだと思ったが、あっさり本人に否定されてしまう。

「さあ？　人間の作った小屋のこと、俺が知ってるわけないだろ」

「でもおまえが俺をここへ運んでくれたんだよな」

「ああ、重かったぞ。感謝しろよ」

　なんとなく会話が嚙み合わない。日本人じゃないからなのだろうか。あるいは普段若い子と話す機会がないせいかもしれない。

　それより柴崎にはもっと気になることがあった。

「ちなみに今って何日だ？　俺はどれくらい気を失ってた？」

「は、そんなの俺が知るかよ」

　整った眉をピンと跳ね上げてアルミラが吐き捨てた。助けてくれたことには感謝している。それでもさすがにこの態度にはカチンときた。顔に似合わず柴崎は気の長いほうだが限度というものがある。日付くらい教えてくれてもいいではないか。

　ふう、とゆっくり息を吐き出した。日付などスマホを確認すればすぐに判明することだ。

「俺の荷物は……」

　言い終わる前に部屋の隅に放置されている己《おのれ》のバックパックに気がついた。それを取るために立ち上がる。

　あっ、とアルミラが短く叫んだ。

「うわっ！」

　ぐらりと身体が傾ぐ。アルミラがこちらに向かって腕を伸ばした。だがその指が届く前に柴崎は盛大にひっくり返る。腰から下に全然力が入らないのだ。

浜辺に打ち上げられた人魚姫のような格好で、柴崎は己の下肢を呆然と眺めた。

「俺の足、足が……っ」

着衣の上からでもわかるほど不自然な形に曲がった足を、アルミラが慌てて整えてくれる。柴崎はひっと息を詰めた。

「何やってんだよ、このバカ！　もう、せっかくくっつきかけてたのに……！」

「いた、いたい……ッ」

激痛に襲われ柴崎は両目に涙を浮かべ悶絶《もんぜつ》した。苦しむ柴崎を見て、アルミラがふたたび胸をさらけ出した。

「ほら、おっぱいミルク！　飲め！」

こんなときに一体なんの真似《まね》だ。そう食ってかかりたくても痛みに呻くことしかできない。

「なにを……」

「なにをじゃねーよ。あんた痛いんだろ？　早く吸えよ！」

痛い。死ぬほど痛いが、耐えられないほどではない。これ以上流されて堪るかと柴崎は半泣きで相手の胸を押し返した。

「だから！　さっきからそのおっぱいミルクってのはなんなんだよ!?」

柴崎が本気で拒んでいることにアルミラはようやく気がついたらしかった。きょとんとした顔で彼は言った。

「だって、おまえの仲間が俺に教えてくれたんだぜ。人間の雄《おす》は『おっぱいミルク飲んで』って言うと悦ぶって」

「はい……!?」

突っ込みどころ満載、どころか突っ込まなくていい場所を探すほうが難しい。柴崎は比《ひ》喩《ゆ》ではなく本当に頭が痛くなってきて、ズキズキするこめかみを指で押さえた。

「俺の仲間って誰だよとか、おっぱいミルクとか色々言いたいことはある。だが取り敢えず……おまえだって人間だろーが！」

当然の事実を告げたのに、何故かあたりがシンと静まり返る。アルミラの顔がみるみる険しくなってゆくのを柴崎は唖然として見つめていた。

「人間じゃねーよ」

「いやいや……」

どこからどう見ても人間だ。そうつづけたかったがアルミラが叫ぶほうが早かった。

「俺は誇り高きジャッカロープだぞ！　おまえたち人間なんかと一緒にすんな」

「……ジャッカロープってなんだ？」

初めて耳にする単語だ。首を傾げる柴崎を見てアルミラの表情が一層険しくなる。

（イケメンは怒ってもイケメンだな）

きつく顰められた眉も、つりあがった眦《まなじり》も、彼の魅力をまったく損なっていない。柴柴崎がちょっと怒ったら、たちまち凶悪犯罪者の形相だ。まったく世の中は不公平ではないか。

「ぬけぬけとしらばっくれやがって」

柴崎が必死にかぶりを振ると、さらにアルミラの怒りを買ったらしかった。鋭く舌打ち
し、彼は叫んだ。

「これでも知らないって言えるのか！　よく見ろ、これがジャッカロープだ！」

ビシッと柴崎に指を突きつけてアルミラは高らかに宣言した。何事か、と柴崎が目をし
ばたたいた次の瞬間、目の前からイケメンが消える。

「は？　え？　なんなんだ……」

きょろきょろとあたりに視線を彷徨わせる。柴崎がひとりで焦っていると、ふいにクイ
クイとアウターの裾を引っ張られていることに気がついた。

「ええっ……！」

視線を落とした柴崎が発見したもの。それは、うさぎに長く立派な角を生やした、愛く
るしい動物の姿だった。

柴崎は信じられない思いで叫んだ。

「かっ、かっわいいいぃぃ！」

バックパックの横にデジカメが転がっているのを発見する。柴崎はものすごい速さでそこまで這って行き、ふたたびアルミラのもとへ戻った。

「ちょっと、ちょっとそのまま動かないで！」

夢のようだ。夢のように可愛い。この世にこんな可愛い動物がいたなんて、知らずに生きてきた自分はとんでもなく損をしていたのではないか？

そんなことを考えながら柴崎は夢中でカメラのシャッターを切りまくった。

2

狭い小屋は緊張感で満ち満ちていた。

（うう、こえ～……）

ツンと澄ましているものの、アルミラは内心怯えていた。柴崎の顔が怖い。鋭い視線でこちらを睨みつける様子は、コヨーテやハクトウワシなどの捕食動物を思わせる。これまでに色々な人間を見てきたけれどこんな凶悪な面構えの男は初めてだ。

さきほどからどれくらいこうしているだろう。シャッター音が途切れることがない。柴崎はこれ以上ないほど真剣な眼差しでデジカメを覗き込んでいた。

（こいつ自分のことこーむいんだとか言ってたけど、やっぱりヤクザなんじゃないのか）

だって目に迫力がありすぎる。ただぼんやり生きている連中が、こんな強い眼差しを持っているだろうか。

アルミラはヤクザがどれだけ凶悪な連中なのか知っている。何しろアルミラが故郷のサウスダコタから離れここ日本に移り住んだのは、『ヤクザ』のせいなのだ。

もともとアルミラたちジャッカロープはアメリカのワイオミングに生息していた。ネイティブ・アメリカンたちとは共存していたのに、白人が大勢押し寄せてきた結果ジャッカロープはかなりその数が減ってしまった。

ジャッカロープは雄も雌《めす》も乳が出る。その乳はあらゆる病、怪我を治す万能薬でそのことが人間たちに知れてしまい、見つかればたちまち捕らえられた。

追手から逃れるためにジャッカロープたちがどうしたか——。木を隠すには森の中、つまり人間の姿に変化するようになったのだ。

仲間たちと群れで暮らしていたアルミラは、ある日近くのトウモロコシ畑に食糧の調達へ出かけた。まだ陽も昇らない時間に、数本のトウモロコシを失敬した。

その帰り道、アルミラは近道をしようといつもは通らないエリアに足を踏み入れた。なんの変哲もない古びた農家の敷地内だ。こんな時間に、人が起きている筈がない。

だがそんなアルミラの考えは大きな間違いだった。

納屋の裏手を通ろうとしたとき、数人の男たちがアルミラを見つけた。穴を掘っているのか埋めているのか知らないが、全員で何かの作業をしていた。なにやらよくないことをしているらしいと気がついたとき、男たちは大きな声で喚《わめ》きだした。

突然殴りかかられて、逃げだす暇もなかった。

「おい見られたぞ、殺して一緒に埋めるか？」

「ああ……いや、待て。見ろよこいつ、可愛い顔をしている」

「可愛いっちゃ可愛いが、男だろコレ」

「男でいいんだ。年だってせいぜい十五、六ってところだろ。日本人の変態ヤクザが玩具を探していてな。こいつで一万ドルはふんだくれるぞ」

男たちに薬物を打たれ、朦朧《もうろう》とした状態でアルミラは貨物船に乗せられた。それから約二週間後、尾多留《おたる》港近くで待機していた漁船に乗り移り、アルミラは日本の『ヤクザ』に引き渡された。

船旅で汚れた身体を真水で洗われてから黒塗りの大きな車へ詰め込まれる。車はやがて大きな屋敷へ到着し、そこでは『組長』と呼ばれる太った初老の男が待ち構えていた。ヤクザたちのボスらしい。

がらんとした何もない部屋へ連れこまれ、そこで着ていた服をすべて奪われた。裸のまま組長と三人の手下たちの前に立たされる。組長はアルミラを矯《た》めつ眇《すが》めつしながら呟いた。

「確かに顔はめんこいが……ちっと育ち過ぎだな」

全身をじめじめした掌で撫で回されアルミラは嫌な気持ちになった。日本語を耳にするのは初めてだったが、ジャッカロープの能力で相手が何を言っているのかおおよそ理解できる。

「ふむ、まあ感度は悪くないか？」

胸の先を摘《つま》まれびくり、と反応してしまう。相手を払いのけたくても薬を打たれているせいで力が入らない。

睨みつけているのにも拘わらず、組長が乳首に吸いついてきた。

「……ッ」

胸の先にピリリと痛みが走る。奥歯を食いしばり咄嗟に声を押し殺した。まるで雌のように扱われ屈辱に身が震える。

アルミラの反応が気に入ったのか、組長は一層強く突起を吸い上げた。

「あ、あ……っ」

噛み殺しきれず声が漏れる。アルミラは堪らず身を捩らせた。じゅる、と下品な音を立てて組長が胸から顔を離す。

「驚いた。このガキ、母乳が出るぞ」

「……っ！」

組長が口を離すと乳首が唾液《だえき》以外の白濁液で濡れているのがわかった。ジャッカロープは雄でも乳が出る。それは群れ全体でこどもを育てるためだ。人間の男に吸われるためじゃない。

先日群れで二匹の赤ん坊が生まれたばかりだった。母乳が出るのは身体が成熟した証であり、本来であればめでたいことだ。しかし今のアルミラには屈辱でしかない。

(俺の初乳《しょにゅう》がこんなおっさんに……)

すっかり面白がられてしまい、執拗《しつよう》に胸を弄られる。意地でも声を出さないでいると組長が舌打ちしながら言った。

「もうちょっと、ウンとかスンとか言えんのか。ほれおまえさんの可愛いお口で『おっぱいミルク吸って～』って言ってみろ」

「……」

顎を捕まれ、無理やり顔を覗き込まれる。食い入るようにこちらを見つめていた組長が、ハッとした様子でアルミラを離した。

なにやら己の股間を確かめている。

「おい、こりゃあ信じられん！　今すぐあのふたりを呼んでこい！」

組長のことばに控えていた手下のひとりが頭を下げて部屋を出て行く。残りの男たちに向かって顎をしゃくり、組長も扉に向かった。

男たちに引きずられ、アルミラもその背中を追う形になる。長い廊下を歩き、何度か角を曲がってからさっきとはまた違う部屋に入った。

今度の部屋は窓にカーテンがひいてあり、家具も寝台も置いてあった。どうやら寝室のようだ。

組長がひとりがけのソファに腰を下ろす。ベッドは大人の男が三人横に並んでもまだ余裕がありそうなほど大きかった。

手下のひとりがアルミラから離れ、ベッド横のチェストから何やら道具を取り出した。得体の知れない液状のものが入ったボトル、コンドーム、人間の男性器を模したものをはじめとする多種多様の器具や道具、こちらも大小様々な注射器、手錠。不穏な気配を感じて後退ろうとするアルミラを、男がベッドへ突き飛ばした。

扉がノックされ、組長が「入れ」と返事をする。さきほど出て行った手下が、少年ふたりを伴って戻ってきた。

「連れてきました」

ふたりとも歳はアルミラと同じかすこし上に見える。身体つきはかなり華奢《きゃしゃ》で手足も細い。

黒髪に大きな瞳は双子かと思うほど雰囲気が似通っていた。顔立ち自体は違うので、白いブラウスに黒いショートパンツ、黒いニーハイソックスをお揃いで着こなしているせいかもしれない。

「どうしたの、パパ？　いいお薬でも手に入ったの？」

「ええ、本当？　バイアグラ使ってもフニャチンだったのに」

ふたりは同時にアルミラの存在に気がつくとあからさまに嫌そうな顔をした。

「また新しい子連れてきたの？　金髪とか生意気ー」

「ええ～、やだ～。僕たちのお小遣い減っちゃうじゃん！」

「こらこら、皆で仲良くしなさい」

組長はむふ、と助平《すけべ》そうに笑うとふたりの少年をベッドに追い立てる。少年たちは挑発するように互いの服を脱がし合い、全裸になると組長に飛びついた。

（こいつらオス同士で交尾するのか？）

アルミラが自分の状況を忘れ興味深く眺めていると、三人は本格的に絡み出した。組長が少年たちを交互に犯す。彼らが獣のような声をあげて果てるのをわりと間近で見届けてしまった。

行為が終わると少年たちはさっさと部屋から出て行った。ベッドに横たわり葉巻をくゆらせる組長がニヤついた顔でアルミラの頬を撫でた。

「久しぶりにマラが役に立った。おまえの乳は滋養強壮《じようきようそう》にいいようだな。褒美《ほうび》にこの部屋はおまえにくれてやる。風呂もトイレもついている特別室だ」

両方の乳首をこね回され、最後にきつく摘まれる。アルミラが呻くと組長は舌舐めずりして言った。

「よしよし、次はちゃーんと抱いてやるから楽しみにしていろよ。俺ァ本当はもっと線の細い子が好きなんだが……まあ、ご褒美だ」

力任せに尻を握られ親指で肛門を撫でられる。あまりの嫌悪感に思わず全身がおののいた。とんだご褒美もあったものだ。

声をあげて笑いながら組長と側近たちが部屋から去って行く。アルミラは咄嗟に扉へと駆け寄った。ドアノブを回しても外から鍵がかかっているらしくビクともしない。

アルミラはその場でうずくまった。

（くそ、ここから逃げてやる）

ジャッカロープの姿に戻り、扉のすぐ脇で待った。数時間後、食事を運んできた人間が扉を開けた瞬間、その足元からアルミラは全力で逃げ出した。

庭を横切り、塀を乗り越えヤクザの屋敷から脱出する。

かつて群れの長《おさ》は人間には注意しろと言っていた。彼のことばは真実だったのだと今頃になって気づく。

これからどこへ向かえばいいのか。途方に暮れていると、人間たちの建造物の向こうにそびえる山が見えた。

（この距離だったら半日もかからず行けるな）

そうしてヤクザの屋敷を抜け出したアルミラは、藻矢伊山にたどり着いた。最初の冬は凍死しそうになったがどうにか乗り切って、ここへ来て三回の四季を過ごした。

群れには戻れなくなったが、捕まった時点で殺されなかったのは運がいい。アルミラは必死にそう思い込もうとした。

アルミラは生きていて自由なのだ。希望を捨てなければ、いつの日か群れに戻れる日が来るかもしれない。

一度見たり聞いたりしたことは忘れないので、日本語もすぐに覚えることができた。

だがひとりきりで生きるのは過酷のひとことに尽きた。生まれてからずっと群れで暮らしてきたのだ。

アルミラの生まれたサウスダコタと比べ、この薩穂市は夏が涼しく過ごしやすいぶん、冬が長く厳しい。雪山で食料を見つけるのは大変だ。人間になって彼らの食料をたまに調達することで、なんとか生き延びてきた。

もうすぐその厳しい冬がやってくる。

（仲間がいれば……）

今日、アルミラは滅多に嗅げないお仲間の匂いに誘われて、安全な住処から抜け出して必死にあたりを探し回った。同じ群れのものでなくとも構わない。久しぶりに仲間に会って話してみたかったのだ。

キツネやクマに警戒しながら匂いのもとを辿ってゆく。木立を抜けてすこし開けた場所にやってきたとき、匂いはいよいよ強くなった。

（なんで、人間……!?）

アルミラが見つけたのは仲間ではなく、崖からぶら下がっているひとりの男だった。近づいてみると男と目が合った。その鋭い眼光はヤクザの屋敷で出会った連中とあまりにも似ている。

（ヤクザだよな？　でもこいつから仲間の匂いがする……）

まだ見ぬ仲間はかつてのアルミラのように捕まっているのかもしれない。もしそうならこのヤクザのもとから助けてやらなければ。

「ヤクザがこの山に何の用だ？」

アルミラが訊ねると男は絶叫するように答えた。

「俺はヤクザじゃない！　公務員だ！」

あたりに木霊《こだま》を残しながら男が崖の下へと落ちてゆく。男が落ちるのは別にかまわないが仲間の居場所をまだ聞いていない。

「あ、ちょっと待てよ」

とりあえず下まで様子を見に行こうとアルミラはその場から駆け出した。その時落ち葉に埋もれるようにして、四角い塊《かたまり》が落ちていることに気がついた。

（これカメラってやつだよな。あの男のものか？）

一応それも口に咥えて斜面を下りる。たどり着いた先で男はあちこち怪我を負っていた。頭から流血し、足は明後日の方角を向いている。

（なんかこいつ、死にかけてねーか？）

十メートルは落ちたのだから、当然かもしれない。

男が意識を失っていることを確認してから、アルミラは人間の姿に変化した。声をかけても揺さぶっても男は答えない。

「参ったな。仲間を助けに行くにしてもこいつに巣の場所を訊かねーと……」

人間は嫌いだ。そのなかでもヤクザは大嫌いだった。アルミラはぐっと奥歯を噛みしめる。

「仕方ない、仲間のためだ」

とりあえずこの場所に置いておいたらカラスに喰われるか、下手《へた》したらクマがやってくるかもしれない。冬ごもりに向けて、今の時期は特に活発になっているのだ。

アルミラはさっきまで咥えていたデジタルカメラを首からぶら下げた。

（人間ってなんで写真が好きなんだろうな）

正直人間のことは気にくわないが、彼らが気まぐれで寄越してくる甘い菓子やら果物やらは嫌いじゃない。

それを目当てに山頂の休憩所で佇《たたず》んでいると、カメラのシャッターを押してくれと結構な頻度で頼まれるのだ。だからアルミラはカメラが何をするものなのか知っていた。一応それが大切なものだということも。

倒れている男を抱き起こし、なんとかしてその身を背負う。

「ぐ、重っ……しかもこいつ、でかい……！」

すこし行けば、アルミラがたまに過ごしている小屋がある。人間の建てたものだが滅多に人が来ないので都合がいいのだ。そこへ運んで乳を与えればこのヤクザも意識を取り戻すだろう。

（こいつが起きたら仲間の居場所を聞き出そう）

これだけ大怪我をしていれば、多少乳を与えたところですぐには完治しないだろう。たとえこの男がヤクザだとしても、アルミラには手を出せない筈だ。

「くそ、それにしても重すぎる……ッ」

何度も泥に足を取られそうになる。共倒れにならないよう、アルミラはしっかり足を踏ん張った。

ようやく小屋に辿りつき、アルミラは安堵のあまりへたり込みそうになる。

乱暴に部屋の中央に転がしても、男は目を覚まさなかった。顔色がさっきよりも悪くなっている。アルミラの目から見ても、男は今にも死にそうだった。

「わー、待て待て。おまえが死ぬのはどうでもいいけど、仲間の場所を俺に教えてからにしろ！」

Tシャツを捲って胸を出す。男の傍らに寝そべってその口元に乳首を差し出した。

（……吸わねーな）

アルミラは男の背中から荷物を奪い、空になったペットボトルを見つけた。蓋《ふた》を開け、その中へ乳を絞り出す。両胸を絞れば指二本ぶんくらいの量が溜まった。

「ここでくたばりたくなきゃ飲めよ」

男の頭を起こし唇にペットボトルを押し付ける。喉が渇いていたのか本能なのか、男は薄く口を開くとアルミラの乳を飲んだ。

「あんた、なかなかしぶといな」

しばらくして意識が戻った男は「柴崎瑛士」だと名乗った。驚いたことにヤクザではなく「こーむいん」であるという。そういえば崖から落ちる直前も同じことを言っていた。この男の言うことを信じていいのだろうか。

（嘘ついてる可能性だってあるからな）

アルミラも名前を聞かれたので答えると、柴崎は「名前までイケメンだ」とかなんとか感心するように呟いた。

イケメンは人間の男に使う褒め言葉だ。アルミラは少々複雑な気持ちを抱いた。

本来の名前はジャッカロープ特有の発音で人間には聞こえない。そもそも個体を識別するための記号のようなものに近かった。だからアルミラという名前は己で勝手につけたものだ。

そうしてのんびり会話をしていると、何故か柴崎はいきなり立ち上がった。

（この馬鹿！　俺が乳をやって怪我を治したばっかりだってのに！）

怒りのままに怒鳴りつけると柴崎が反論してきた。しかもジャッカロープなんて知らないなどと言い張るのだ。

（俺の仲間を捕まえているくせに、しらばっくれやがって！）

人間に自分の正体を明かすのは禁じられている。だがアルミラは怒りのあまりその禁忌《きんき》を犯してしまったのだ。

そして死ぬほど後悔した。


ようやく満足したらしく、柴崎はデジカメから顔をあげた。

アルミラが人間の姿に戻ると、ちょっとだけ残念そうな顔をする。よほどジャッカロープが気に入ったらしい。

（この野郎、なかなか見所があるじゃないか。この凶悪な面ほど悪いヤツじゃないのかもしれないな？）

柴崎は身体の痛みも忘れた様子で、頬を上気させながら言った。

「よかったら今撮った写真見るか？」

アルミラが返事をするより早く、ぐぐっと近くに寄ってくるとカメラの液晶画面を見せてくる。そこには色々な角度から撮られたアルミラの姿があった。

「我ながらよく撮れたと思うんだ。ほら、この胸毛の部分、もっふもふにもほどがあるよなあ。見てるだけでうっとりするぜ。あっ、こっちの写真。この角度だと可愛いお顔と尻尾が両方バッチリ映って最高なんだ！　それとこれは……」

別に自分の姿を見せられたところで感慨など皆無だ。しかし柴崎があまりにも嬉しそうにあれこれ説明してくれるので、アルミラは己の写真を大人しく眺めた。

夥《おびただ》しい数のアルミラの写真の次は、藻矢伊山の景色が現れる。

「これ、この山の写真だよな」

そうだ、と柴崎は頷いた。

「実は俺、カメラなんて買ったの初めてでさ……山登りもほとんどしたことなかったんだ」

そんな柴崎が何故今日ここへ来たのか。組員同士の抗争でも、死体の始末のためでも、警察の追っ手から逃れるためでもないらしかった。

呆れたことにリスや小鳥などの小動物が好きで写真を撮っているうちに崖から落ちたのだという。

（そんな間抜けな理由だったのか）

この男はヤクザじゃないと、なんだか信じたくなってくる。

次々変わってゆく画面を眺めていたアルミラは、「あっ」と声をあげた。画面を切り替えようとする柴崎の手首を、ぎゅっと握って押し留める。

「これ……この白いの！」

画面にはジャッカロープが写っていた。白い毛に黒の模様がある。柴崎に付着していた匂いはこのジャッカロープのものに違いない。

「へへっ、可愛いだろ。こいつは豆餅って言って俺の飼ってるうさぎなんだ。確かにおまえもめちゃくちゃ可愛いけど、こいつだって負けてないだろ。……ってそうだよ豆餅！俺豆餅にごはんをあげなきゃいけないんだ！」

柴崎のことばにアルミラは心底がっかりした。

「うさぎ……仲間《ジャッカロープ》じゃないのか」

確かによく見ると額に角が生えていない。普通のうさぎだ。

柴崎についた移り香を嗅いだため、仲間とただのうさぎの匂いの差に気づかなかったらしい。念のため他の写真を見せて貰う。

（なんだよ、ただのうさぎか。しかも人間なんかに飼われやがって）

もしも自分なら絶対にごめんだ。ヤクザの組長のことを思い出しアルミラはぶるっと身を震わせた。

（……ふん）

だが写真に写っている豆餅は、どの写真を見ても楽しそうだ。しっかり栄養も行き届いているようですこぶる毛艶もいい。

人参やキャベツ、イチゴなどを頬張っている姿を見て、アルミラは無意識のうちに喉を鳴らしていた。

（くそ、乳を出すと腹減るんだよなぁ）

山や野を自由に動き回れたほうが絶対に楽しい。だがアルミラはジャッカロープだ。うさぎよりも強靭《きょうじん》だし、人間にだってなれる。熊以外この山には天敵がいない。

しかしうさぎは違う。十羽生まれてもそのうち成体になれるのは二羽だけだ。成体になってからも捕食者に怯え、死と隣り合わせの毎日である。自由の代わりに身の安全と美味い餌が手に入るのなら、それでいいと思うのかもしれなかった。

さっきまであれだけ浮かれていたのに、柴崎は悄然とうなだれた。

「早く怪我を治して豆餅にごはんをあげなきゃいけないんだ」

柴崎に気づかれないように溜息を吐く。

仲間ではなかったが、ジャッカロープにとってうさぎは遠い遠い親戚のようなものである。ここまできたら乗りかかった船だ。

アルミラは柴崎の肩をぽんと叩いた。

「わかった、じゃあ俺のおっぱいミルクを飲めよ」

「だからそれ……っ」

柴崎が言いかけるのを遮《さえぎ》った。

「ジャッカロープの乳は、何にでも効くんだ。たいていの怪我や病気ならすぐに治る。本当だったら人間になんか飲ませたりしねーけど、あんたの身体からお仲間の匂いがしたから……」

「ジャッカロープとうさぎって同類なのか？」

「近いっちゃ近いけど同類ではない。でもまあ今回は特別におまけしてやる」

服をたくしあげると、柴崎はチラッとアルミラの顔を窺った。早くしろ、と促すと柴崎はおずおずと胸の先に吸い付いてきた。

「ふっ」

人間だからなのか、柴崎の乳首を吸う力は強い。痛痒感《つうようかん》に耐えていると、やがて胸の先がジンジンしてきた。

「……っ」

もう無駄口を叩くことはせず、柴崎は必死に乳を飲んでいた。静まり返った小屋の中、時折ちゅ、ちゅぱっという水音だけが響く。

「は、んっ」

柴崎の怪我はどれくらい癒えただろうか。

自然と息が弾み、気がつけば微かに声を漏らしていた。こんなに長いあいだ乳を吸わせるのは初めてなのだ。

次第に頭がぼうっとしてくる。乳は血液から造られるから、ひょっとしたら貧血を起こしているのかもしれない。

(貧血ってふわふわして気持ちいいものなのか)

貧血なんて今までなったことがないので正直なところわからない。いつしか乳首のジンとした疼《うず》きが広がって、腹の奥が鈍く痛んだ。

(なんだ、これ……?)

ちゅぽ、と音を立て柴崎は乳首から口を離した。まだだ、と告げようとしてアルミラはケホと軽く咳き込んだ。

なんだか喉が渇いている。

柴崎が吸っていたのと反対側の乳首に口をつける。そのとき歯がぶつかって「あっ」と声をあげてしまった。

ふいに柴崎の逞しい両腕が、アルミラをぐっと抱き寄せた。背がしなり胸を突き出す格好になる。さっきよりも強く吸い上げられて、もっと声を我慢できなくなった。

「あ、あっ」

まるでその声に驚いたように、柴崎が乳首から口を離す。ふっと詰めていた息をほどいたタイミングで、ちろっと舌先で乳首を舐められた。

「うっ、あそぶ、なぁあ」

「痛くしちまったかと思って。……悪かったな、今度は優しく吸うから」

宣言どおり柔らかく舌がまとわりついてくる。それからねっとり吸いつかれ、アルミラはぎゅっと目を閉じた。

(胸、吸われてるのに……なんで下っ腹がおかしくなるんだ?)

腹の奥がずきずき鈍く痛み、腰が重く怠《だる》い。もう止めろ、とアルミラが音を上げる寸前に柴崎は乳首から口を離した。

柴崎が濡れた口元を袖で拭う。アルミラはぼんやりそれを眺めた。なんだか頭がふわふわする。

「うわ、本当に痛みが消えてる！　マジで凄いんだなおまえのおっぱいミルクは」

ハッとした様子で柴崎が両手で口を押さえる。嬉しいことばにぽややんとしていた意識がはっきりしてきた。

「おう、俺のおっぱいミルクは最高だろ?」

「俺もつられちまったけど、それ止めとけよ」

「止めろって何を」

「お……っぱいミルクって言うの」

柴崎のただでさえ鋭い目つきがさらにきつくなる。そのくせ耳まで赤くなっているのでなんだかチグハグな印象だ。

もともと人間が使っていたことばなのに、何か不都合があるんだろうか。なんにせよこの男の前で「おっぱいミルク」と言うのは止めておいたほうがよさそうだ。別にアルミラだって好きで使っているわけじゃない。

気を取り直すように、柴崎がこほんと咳払いをした。

「それはともかく、ジャッカロープってのは素晴らしい生き物だってことがわかったよ。今日知ることができた俺はラッキーだ」

「それほどでも」

へへん、と胸を反らすと柴崎はまだ赤みの残る顔で笑う。なかなか凄味のある表情だったのでアルミラはびくっと身を竦ませてしまった。

幸いにも柴崎は立ち上がるのに必死で、怯えるアルミラには気づかなかったようだ。

「おお、立てる！　立てるぞ！」

感嘆した様子で呟くと柴崎は荷物が置いてある場所までスタスタと歩み寄った。しばらくごそごそとバックパックをあさっていたが、スマホを手にとって眉を顰めた。

「充電切れかよ。くそ、モバイルバッテリーを持ってくるんだった」

溜息を吐きながら次に柴崎が取り出したのは林檎《りんご》だった。アルミラはつい「あっ」と声を漏らしていた。柴崎がすぐに反応する。

「どうかしたか？」

「い、いや別に。林檎だなと思っただけ……」

真っ赤でツヤツヤした林檎は見るからに美味しそうだ。無意識のうちにゴクリと喉を鳴らしていた。

森に住んでいるから食料には困っていない。だがこのへんに林檎の木は生えていないので滅多に食べられない貴重な果物だ。それに今ものすごく腹が減っている。

（いいな、あれ。ひと口だけでも齧《かじ》らせてくれないかな）

柴崎は一緒に取り出したタオルでごしごし林檎を磨くと、アルミラのこころを読んだかのようにそれを差し出した。

半信半疑で受け取ってから、アルミラは柴崎の凶悪な顔と林檎とを交互に眺めた。

アルミラがジャッカロープだと知って、罠に嵌《は》めるつもりなのかもしれない。いったい何を企んでいるのだろう。

（人間の中には狡賢《ずるがし》くて悪い奴がいるから、俺たちがジャッカロープなのは隠しておけって長が言ってたもんな）

だがアルミラはそのことばに背《そむ》いてしまった。

騙されないぞ、と思いつつも手の中の林檎が気になってしまう。アルミラが林檎を持て余しているのを見て、柴崎は不思議そうに言った。

「悪い、林檎嫌いだったか？　怪我を治して貰ったお礼のつもりだったんだが……。まあこんなもんじゃお礼にならないかもしれないが、あとはカロリーバーくらいしか持ってないんだよな」

ぶつぶつ口の中で呟きながら、柴崎はバックパックの中からもうひとつ林檎を取り出した。それを軽く齧りながら、さらに中を探っている。

「そっちがいい」

「っと、何が……？」

「林檎！　おまえの持ってる林檎を寄越せ」

アルミラに言われるがまま、柴崎が林檎を渡してくれる。最初に貰った林檎は返そうとしたが断られた。

（こいつも口つけたんだから大丈夫……だよな？）

恐る恐る齧りかけの林檎に口をつける。おかしなことにならないか、様子を見ながらちょっとだけ食べてみた。

口の中にほどよい酸味と爽やかな甘みが広がる。

「美味しい！」

ちょっとずつ、と思っていたことなど一瞬で忘れアルミラは林檎にかぶりついた。カシャ、と音がして振り向くと柴崎がまたカメラを構えている。

「柴崎は、動物の写真を撮りたいんじゃないのか？」

不思議に思ったので訊いてみると、柴崎は目尻を微かに赤く染めた。

「アルミラがいい顔で笑ってたから、つい……」

「ふーん？」

笑うと写真を撮るものなのだろうか。アルミラは人間の姿になれるし、ある程度人間の文化も理解できるが、わからないことも多かった。

（柴崎も笑ってるけど、自分の写真は撮らなくていいのか。……この顔は、あんまり怖くないな）

荷物を背負い柴崎が扉へ向かう。ふらついた様子もないし、怪我はすっかりいいようだ。

小屋を出ると月はほとんど沈みかけていた。もうすぐ空が白み始めるだろう。すこし考えるようにして柴崎が言った。

「なあアルミラ、俺が倒れてから月が昇ったのは何回だ？」

「これで二回だ」

「じゃあ今は日曜の夜……っていうか月曜の朝か？　なんとか仕事に間に合いそうだ」

ほとんどの人間たちは『仕事』をしている。それは知っているが具体的に彼らが何をしているのかまではわからなかった。教えて欲しいような気もしたがアルミラは黙っていた。

どうせもう会うこともない。柴崎のことは助けたが、人間と必要以上に接触するつもりはないのだ。

「また会いに来てもいいかな」

絶妙なタイミングで柴崎に訊かれ、アルミラは苦笑した。

「俺たちの乳《ジャッカロープ》は薬になるって言っただろ。そのせいで人間に狩られまくって、今はずいぶん数が減っちまった。おまえがどうこうってわけじゃないけど……もう会うつもりはない」

そうか、と柴崎は己の爪先に視線を落とす。次に顔を上げたとき、その頬は完全に引きつっていた。

「俺も、そのほうがいいと思う。じゃあ、本当に色々ありがとう」

ひょっとしたら笑っているつもりなのか。

最後に登山道まで案内してやると、柴崎は突然真顔になって言った。

「あの……もう一回だけ、ジャッカロープになって貰えないか」

ああ、と頷きジャッカロープに戻ってやる。アルミラと目線を合わせるように膝をつくと、柴崎は恐る恐る右手を伸ばしてきた。

(ひょっとして、撫でたいのか？)

そういえばさっきは写真を撮るのに夢中になっていた。ジャッカロープの姿になって人

間を見上げると、その大きさにぎょっとする。

逃げたい、と本能的に思ったがアルミラは耐えた。柴崎には林檎を貰ったし、人間なんかに怯えるのは負けるみたいで嫌だ。

(変なことしたら、この角でグサっと刺してやる!)

アルミラがそんなことを考えていることなど露知らず、柴崎がそっと触れてきた。耳の後ろから背中にかけて、ゆっくりと撫でられる。全身がすこしゾワゾワしたが、嫌だとは思わなかった。

(こいつの手、あったかいな)

しばらく無言で撫でたあと、柴崎はぎゅっと掌を握りしめた。へへっと照れた様子で笑う。

「ダメだ、永遠に撫で続けてたいっ」

柴崎は立ち上がり、わしゃわしゃと髪をかき乱した。「豆餅ごめん」と懊悩《おうのう》するように呟くのが聞こえる。

人間に戻って何か声をかけようかと思った瞬間、柴崎はくるりと背を向けた。名残惜しげに一度だけちらりとこちらを見る。

「それじゃあ、元気でな」

まるで自分自身に言い聞かせるように柴崎は告げた。

　さっきまで骨折していたのが嘘のような軽い足取りで、そのまま山を下りて行く。なんだかんだ言っていたが、ずいぶんあっさり行ってしまうものだ。

　拍子《ひょうし》抜けした思いでアルミラも小屋へと戻ろうとした。そのときだった。

「アルミラ！　おまえは俺の命の恩人だ！　もしも何か困ったことがあったら今度は俺が助けてやるからな！」

　もう二度と会わないと言ったのに、どうやって頼れと言うのだろう。アルミラはつい苦笑した。ありがたく、気持ちだけ受け取っておく。

　夜明けは近いが、森はまだ闇の中に包まれていた。

　小屋に戻って目を瞑る。沢山乳を与えたから今日はすこし疲れた。冬はもうすぐそこまできている。

（今日は特に冷えるなあ……）

　こんなに寒いといつ雪が降ってもおかしくない。自分の毛に顔をうずめるようにしてアルミラは丸まった。

　大きなあたたかい掌のことを思い出しながら、いつしかアルミラは眠っていた。

　人間は嫌いだ。己の欲望のためにジャッカロープを捕らえ利用することしか考えない、碌《ろく》でもない奴ばかりだ。長はそうアルミラたちに教えてくれた。

　やがて朝陽がのぼり光が小屋に差し込んでくる。目覚めたアルミラは柴崎に貰った林檎を齧りながら考えた。

　だがあれだけうじゃうじゃいるのだから、中にはそれほど悪くない人間もいるかもしれない。だって確か人間は七十億人以上もいるという。それだけ数がいれば、ひとりかふたりくらい奇特な奴がいたって不思議じゃない筈だ。

（この種を植えたら林檎の木が生えてくるかも）

　ジャッカロープの爪は土を掘るのに向いている。小屋の近くに林檎の種を植えアルミラはご満悦《まんえつ》だった。

　これから冬が来て地面は凍てつき雪に覆われてしまうが、春になったら芽吹くかもしれない。

（ちゃんと場所を覚えておかなきゃな）

　気になってアルミラはいつもより頻繁《ひんぱん》に小屋に通った。だが楽しい気持ちでいられたのはほんの数日のことだった。

（なんだ？）

　いつものようにアルミラが小屋で休んでいると、ふいに人間の気配が近づいてきた。アルミラは咄嗟に数日前自らここへ運んだ男のことを思い出した。

（あいつ、まさか俺のこと誰かに話したんじゃ……っ）

　慌てて小屋の外へ逃げ、アルミラは木陰から様子を窺った。いつでも逃げ出せるように慎重に周囲へ気を配る。それからさほど待たずに、複数の人間が小屋の周りに集まってきた。やってきたのは三人の男だった。

ここだここだ、と言いながら、男たちは小屋を囲んで何やら相談らしきものをし始めた。

「重機がなあ……ミニユンボならここまで入るかね」

「最悪手バラしになるな。雪が降る前に急がないと」

男たちが何を言っているのかよくわからない。だがアルミラを探しているわけではなさそうだ。

(あいつのこと、疑って悪かったな)

人間が何をしようとアルミラに害がなければどうでもいい。

(俺のことを探しに来たわけじゃないとしても、このへんを人間がウロウロするならしばらく小屋に近づくのは止めておくか)

数日後、小屋の様子を見に戻るまでアルミラはそんな呑気《のんき》なことを思っていた。更地《さらち》になった場所を前に呆然と佇む。アルミラはわなわなと全身をおののかせた。

(俺の小屋が消えたっ。どうしてだよ！)

思い当たるのは、前にこの場所で見た人間たちのことだ。彼らが小屋を撤去《てっきょ》してしまったのだろう。

(冗談じゃないぞっ。いったいどこで冬を越せばいいんだよ!?)

まるで巨大な熊に荒らされたように、地面もあちこちほじくり返されている。アルミラが植えた林檎の種もきっと駄目になってしまっただろう。

(くそっ、やっぱり人間なんか大嫌いだ!)

ふと、白い花びらが降ってくる。頭上を仰いでアルミラは内心舌打ちした。降り注ぐのは花ではなく、今年初めての雪だった。

自慢の毛皮さえ凍てついてしまう――これから厳しい冬が訪れる。

『アルミラ! おまえは俺の命の恩人だ! もしも何か困ったことがあったら今度は俺が助けてやるからな!』

脳裏に声が蘇る。ふん、とアルミラは鼻で嗤った。

(人間の助けなんているかよ。俺は気高きジャッカロープだぞ)

その時だった。風に乗って不穏な匂いが流れてくる。身体が意思に反しガクガク震えだした。

(熊だ)

普段はここまで来ないが、冬眠前の活動期で足を伸ばしたのだろう。こちらの存在に気がついたらしく、どんどん近づいてきた。狐やイタチ程度ならこの角で追い払うこともできるが、熊のような大きな動物には到底太刀打《たちう》ちできない。

駆けて駆けて力の限り走り続ける。やがて諦めたのか、それとも他の獲物を見つけたのか、熊が追ってくる気配が消えた。悔しげな咆哮《ほうこう》が尾を引いて木霊となる。

（くそ……疲れた。ゆっくり休みたい）

だがどんなに疲れていても、今のアルミラに安全な隠れ家はない。

地面が凍りついてしまう前に穴を掘らなければ。アルミラは固くこころに誓った。深く深く。人間も熊もたどり着けないほど、ずっと奥まで。

3

　薩穂市は人口約二百万人を誇る日本最北の政令指定都市だ。その薩穂市中央区役所は多くの人々でごった返していた。開庁からまだ三十分も経っていないが、電話はひっきりなしにかかってくる。

「柴崎係長、おはようございます。今日は朝日センターに行かれるんですよね。公用車を回しますか？」

「はい、お願いします」

　今日柴崎は中央区が主催するイベント『中央区こども文化交流会』に向かう予定だ。文字通り中央区在住のこどもメインのイベントなので、柴崎は少々不安に思っていた。

（またこどもに泣かれそうだ……）

　同行するのは小島莉乃《こじまりの》という入庁三年目の若手職員だ。若くて美人な小島なら、きっとこども受けするだろう。上司としては些《いささ》か情けないが、対応はできるだけ彼女に任せようと決めていた。

「小島さんはもう準備できたかな？」

近くの職員に訊ねると、相手は表情を曇らせた。

「それが小島さん、ちょっと厄介《やっかい》な人に捕まってて……」

相手のことばに窓口のほうへ目を向ける。受付の一番端っこで必死に頭を下げる小島の姿が目に入った。彼女が相手をしている初老の男に、柴崎は見覚えがあった。確か、田中《たなか》という男だ。

隣家と騒音で揉めているらしく、何度もここを訪れている。

だが薩穂市では業者以外の生活騒音について一切関与していなかった。弁護士を雇って民事裁判でも起こして貰うしかないのである。

だが田中に何度それを伝えても、区役所にやってきて職員に絡むのだった。一度対応した小島のことを気に入ったのか、最近では名指しで呼びつけて毎回ネチネチとやっている。

柴崎は溜息を吐き、小島のもとへ向かった。こちらに気がついた田中が、さっと顔色を変える。

「どうも失礼致します。こちらの小島に何か問題でもありましたでしょうか？」

「お、おう……」

聞き取りづらい嗄《しゃが》れ声だ。さきほどまで踏ん反り返っていた田中だったが、今は明らかに帰りたがっていた。

「あんた、いきなり出てきてなんなんだ！」

「申し遅れましたが、私は小島の上司で柴崎と申します」

名刺を差し出しながら柴崎は精一杯の笑みを浮かべた。本人的には爽やかな笑顔のつもりだが、はたから見るとニタァとでも効果音をつけたくなる表情だ。

田中は、ヒッと短い悲鳴を上げ、ジリジリと後退りした。この凶悪な顔も、たまには役に立つらしい。柴崎の笑顔に慣れている筈の職員でさえ怯むのがわかり、当人としては複雑な気持ちではあるが。

「都合が悪くなると脅かしやがって。こ、この税金泥棒めっ！」

憎々しげに捨て台詞を吐き捨てると田中はその場から去ってゆく。出禁にするか警察にでも突き出したいのに、そうはできないのがつらいところだ。

「小島さん、大丈夫か？」

惚けたような表情で佇む小島に柴崎は声をかけた。

「は、はいっ」

上ずった声で返事をする小島の顔色は悪い。それが田中のせいなのか、柴崎の顔のせいなのかは不明だ。

「これから田中さんの対応は俺がするから。何かあればすぐに呼んでください」

「……はい」

小柄な小島が俯くと、長身の柴崎からはつむじしか見えない。ひょっとしたら余計な世話を焼きすぎただろうか。今までも柴崎がよかれと思って取った行動が裏目に出ることが多々あった。

(俺みたいな男に借りを作って荷が重いとか……)

気の利いた男なら、ここで軽口でも言って相手の心理的負担を減らせるのだろうが生憎《あいにく》と柴崎は口下手だ。

気まずい沈黙に耐えているると、運良く職員が車の手配ができたと呼びに来てくれた。

ほっとしながら柴崎は小島を促した。

「それじゃそろそろ朝日センターに移動しますか。小島さん、行ける?」

「はい、大丈夫です」

ようやく小島が顔を上げる。自然と上目遣いになったが、その目が大きくてあまりにも煌《きら》めいて見えたので柴崎は少々ぎょっとした。

(こりゃ、田中みたいなおっさんが絡みたくなるのも無理ないなあ)

あまり小島を直視しないよう柴崎は視線を逸らした。昨今はセクハラだパワハラだとなかなかに厳しい。柴崎のような中間管理職が一番気を遣う部分でもあった。

なにしろセクハラは相手が嫌だと思えばセクハラなのだ。女性受けの悪い自分のような男は必要以上に気を遣うくらいでちょうどいい。

思っていたより『中央区こども文化交流会』は盛況で、朝日センターについてすぐにふたりは忙殺された。

迷子になった三歳児に柴崎が対応していたところ、両親から誘拐犯扱いされるハプニングなどはあったものの、すぐに誤解も解けて無事乗り切ることができた。

「いやあ、今日は小島さんのおかげで助かったよ」

本当だったら食事でも奢るべきだろうが、自分のような男に誘われてもきっと小島は困るだろう。そう思った柴崎は途中でコーヒーショップのドライブスルーに寄った。

「ドリップコーヒーのグランデとホワイトチョコラズベリーフラペチーノを」

「ありがとうございます。少々お待ちください」

柴崎からフラペチーノを受け取って、小島がひたすら恐縮する。

「ご馳走様《ちそうさま》です。スタボのこれ、ずっと飲んでみたくて……」

「それ飲んだら寒くなりそうだな。空調ちょっと強くするぞ」

柴崎のことばに小島はこくり、と頷いた。柴崎の周囲にいる女性たちは、基本的に勝気なタイプが多く、彼女のように清楚《せいそ》で大人しいタイプは珍しい。何かこちらが強いことを言えば泣かせてしまいそうで怖かった。

数少ない歴代彼女は、柴崎の強面に挫《くじ》けない怖いもの知らずな女性ばかりだった。だがそういう女性は自分から柴崎に近寄ってくるものの、彼の性格を知ると物足りないと立ち去ってしまうのである。

車内の沈黙が気詰まりにならないよう、必死に話題を探していると互いの趣味の話になった。

「へえ、小島さんはお菓子作りが趣味なんだ。どんなものを作るの？」

「クッキーとか、ケーキも好きでよく作るんですよ」

「凄いね、きっと美味しいんだろうな。一度でいいから食べてみたいなあ」

言ってから柴崎は内心「しまった」と思う。好きでもない男、しかも上司から手作りお菓子を強請《ねだ》られるのはプレッシャーだろう。

慌てて自分の趣味の話へと持って行く。

「俺は写真が趣味なんだ。って言っても下手の横好きなんだけどね」

ありがたいことに小島が写真の話に乗ってくれる。どんな写真を撮っているのか、と訊かれ最近藻矢伊山に登ったことなどを話す。

無事、話が流れてくれて柴崎はひとり胸を撫で下ろした。

「柴崎係長の彼女さんってどんな方なんですか？」

信号待ちでふいに訊ねられて、柴崎はうっとことばに詰まった。こちらの無言をどう受け止めたのか小島が慌てた様子でつづけた。

「すみません、立ち入ったことを窺って。あの……柴崎係長すごく優しいから、きっとモテるんだろうなって」

ぺこ、と小島の手の中でプラスチックのカップがへこむ。別に嫌味でもからかっているのでもないらしい。柴崎は苦笑した。

「今は仕事が恋人だよ。俺なんか振られてばっかりだし」

「ええっ。それは……！」

助手席の小島がいきなり大声を出したので、思わず耳がキーンとなる。ハッとした様子で顔を伏せ、今度はちいさな声で小島は言った。

「皆さん見る目がないんですね。だって係長はとっても素敵なのに！」

「そんなことを言ってくれるのは小島さんくらいだよ。はは、スタボに寄った甲斐があったかな？」

自分では笑っているつもりだが頬が不自然に引き攣ってしまう。助手席の小島は赤い顔で手の中のフラペチーノを眺めていた。よかった。もしこの顔を目撃されていたら、怯えさせていたことだろう。

（小島さんはいい子だな。でもこれは上司に対する社交辞令！　真に受けるなよ俺……）

調子に乗ればセクハラ告発でクビか左遷《させん》だ。

気がつけば信号の色が変わっている。後ろの車にクラクションを鳴らされる前に柴崎は慌てて発進した。

区役所の最寄り駅から地下鉄に乗り、ふたつ目の駅で降りる。マイカー通勤もできるが柴崎は地下鉄通勤だ。運転は嫌いじゃないが地下鉄だと渋滞もないし何よりこれからの季節は楽だ。薩穂市の冬は厳しく、積雪量もかなり多い。

（ＪＲは冬止まるし、車だと事故も怖いからな。結局地下鉄が一番）

自宅マンションに到着し、柴崎はふうっと息をつく。今週もどうにか乗り切った。特に予定はなかったが、仕事がないというだけで最高の週末だと思う。部屋に戻れば最愛の豆餅が出迎えてくれるし、動画配信サイトもチェックしたい。

（先週末は山に行ったからドラマも溜まってるしな）

そう、柴崎は先週藻矢伊山で特別な体験をしてきたのだ。それこそドラマや映画のようなできごとだった。

（今になると全部夢だったんじゃないかって思えてくる）

お散歩のため豆餅を部屋でケージから出してやったあと、柴崎はデジカメを手に取った。すべてが夢の中のできごとのようだったが、夢ではない証拠にデジカメの中にはジャッカロープの写真が何十枚と収まっている。

「はーっ。かっわいいなああ」

このデジカメを手に、柴崎は藻矢伊山登山に挑んだのだ。そしてうっかり登山道から離れ崖から落ちて大怪我をした。けれど今、柴崎はピンピンしている。

自分を救ってくれたのは、信じられないほどのイケメンだった。しかもそのイケメンの正体は可愛い可愛いジャッカロープ。

（それにしても、あんな可愛い生き物がこの世に存在するなんてなあ）

思い出しただけでもうっとりしてしまう。柴崎は部屋の中で跳ねる豆餅を眺めながら、デジカメのデータを確認した。

藻矢伊山の美しい自然、愛らしい小鳥の写真。そしてうさぎの姿に鹿の角、ジャッカロープ。

（アルミラ、元気かな）

まだ積もっていないが先日は初雪が降った。これからどんどん寒く厳しい季節を迎えるが、アルミラはあの小屋で一冬過ごすのだろうか。

（食料とか大丈夫なのか？）

野うさぎは冬のあいだ木の葉や木の皮、木の芽などを食べるらしい。柴崎が与えた林檎を嬉しそうに齧るアルミラの様子を思い出し、差し入れしてやりたくなった。

（アルミラは人間にもなれるから食事にも融通《ゆうずう》が効くのかもしれないな）

彼は怪我した柴崎を助けるため、たっぷり乳を飲ませてくれた。命の恩人に何か返してやれたらいいのにと思う。

藻矢伊山から生還した柴崎はさっそくスマホでジャッカロープについて調べてみた。しかしジャッカロープは謎に包まれた生物で、わかっていることは多くない。

アメリカのワイオミング州に生息し、人の声真似が得意。その他は、ウイスキーが好物やらカウボーイのキャンプファイヤーに現れるやら書いてあった。なにより特筆しなければならないのは、その乳が万能薬になるという点だ。

（人間になれるとは書いてなかったが、謎の生物だから誰も確かめようがないだろうしな……）

デジカメのデータを眺めているうちに、ジャッカロープではなく人間の姿のアルミラの写真が出てきた。柴崎は食い入るようにそれを眺める。

写真で見ても非の打ち所のない綺麗な顔をしている。こんなイケメンから母乳が出るなんて本当に信じがたい。

アルミラの乳首は綺麗なピンクで、ちいさくて健気で、吸えば美味しいミルクが出てくるのだ。いくら吸っても吸い飽きることはなく、止められなければ一時間でも二時間でもずっと吸っていられそうだった。

白い胸がじわじわと赤く染まり、腹のあたりまで色が変わるのを柴崎はちょっとした感動を持って眺めていたのだ。

「……」

思い出すと頬が火照《ほて》ってくる。妙な気持ちを否定したくて柴崎は己の両頬をパンと掌で叩いた。いきなり大きな音を立てたせいで豆餅がその場でぴょんと飛び上がる。

「豆餅、すまん」

柴崎は異性愛者である。だがアルミラの乳首を吸って、ちょっとだけいけない気分になってしまった。命の恩人に対し不埒《ふらち》な思いを抱くなんて許しがたい裏切りだ。

ふとクイクイと膝を押される感触がした。見下ろせば豆餅がちいさな額を柴崎に擦りつけているところだった。

なんとなくギクリとして柴崎はデジカメの電源を落とした。

「やっぱり豆餅は可愛いな！　おまえがナンバーワンだ。もふもふしようなー」

耳の後ろから背中にかけて優しく撫でてやると豆餅は満足そうに目を細めた。ぷうぷうと微かに鼻を鳴らすのが可愛くて堪らない。

たっぷり遊んでやったあと、抱っこしてケージに戻してやる。すのこの上でこてんと横になる豆餅を見て、柴崎はふと眉を寄せた。

「あれ、餌《ペレット》……あんまり減ってないな」

いつも朝に食べきれる量だけ与えているから残っているのは珍しい。食欲がないのだろうか。

（確かに秋はうさぎが粗食になる時期だしな）

以前も似たようなことがあり、外を散歩させて枯れ葉を食べさせると食欲が戻ったのを思い出した。

（ペレットより干し草を多めにやって様子を見てみるか）

念のため腹をまさぐったが、胃の中に毛が詰まっているようなこともなさそうだ。

「明日はおまえの好きないちごを買ってきてやるからな」

今の時期いちごは高級品だ。しかも豆餅はイチゴの実よりもイチゴの葉を好んでいる。だがちょっとでも食欲を取り戻してやりたかった。

豆餅は今年の夏で五歳になった。人間の年齢に換算すると五十二歳といったところだ。飼いうさぎの場合十歳くらいまで生きるものも多い。

「こんなに可愛い顔してるけど、おまえはもういい年なんだよな～」

数日様子を見て、体調が悪そうだったら獣医に診せたほうがいいかもしれない。

「お、もうこんな時間か。俺も飯食わなきゃな」

冷凍しておいたご飯をレンジで解凍し、レトルトのカレーをかける。明日は休みだから自炊しよう。そんなことを考えながら柴崎はスマホを取り出し動画配信サイトを開いた。

「あっウォーキングゾンビ、もう五話まで配信されてる。俺何話まで見たっけ」

楽しみにしていた海外ドラマを眺めながらも、柴崎はこころの片隅になんとなく引っかかるものを覚えていた。


「また、おまえ食べなかったのか」

仕事から帰るなり豆餅のケージへ突進する。

干し草もペレットも減っているが、以前に比べると明らかに食べる量が減っていた。

週末近くの公園へ連れて行くと豆餅は嬉しそうに落ち葉を食べた。なんとなくそれで安心したのだが、食は細いままだった。今日はもう水曜日だ。

有給がかなり残っていたので明日は仕事を休みにした。豆餅が仔ウサギだった頃から付き合いのある獣医に診せに行く予定だった。

翌日朝一で動物病院へ向かう。症状を伝えさっそく豆餅を診察して貰うと、顔見知りの獣医は眼鏡をかけた柔和《にゅうわ》な顔を厳しく引き締めた。

「レントゲンを撮りますね」

あまりよくないのだろうか。土曜日すぐに病院へ行かなかったことを柴崎は死ぬほど後悔した。

レントゲンを撮り現像が終わるまで待合室に戻される。キャリーではなく胸に豆餅を抱っこしたまま柴崎は名前を呼ばれるのを待った。

チワワとラブラドールの患者が診察されたあと、ふたたび豆餅の番になる。祈るような気持ちで柴崎は診察室へ向かった。

デスクの上にレントゲンが貼られている。見方もよくわからないのに直感で白い影が不吉だと思った。

「胸部に影が写っています。悪性リンパ腫《しゅ》の可能性が高いです」

「あ……？」

柴崎の表情に獣医がひくっと顔を引き攣らせる。きっと凄まじい表情になっているだろうと思ったが相手を気にかける余裕がなかった。

「可能性が高いってことは、良性の腫瘍《しゅよう》かもしれないんですよね？　あの、手術とか……」

「良性か悪性か確かめるためには開腹手術が必要です。ただ、豆餅ちゃんはネザーランドドワーフなので小柄なうえ高齢のため、全身麻酔をする場合リスクがかなり高くなります」

「リスク……」

「麻酔をしてそのまま目覚めない場合や、大きく体調を崩してしまうケースがあるんです。確実に治療するのなら手術が必要ですが、取り敢えず抗生物質で様子を見ることをおすすめします。どうしますか？」

頭が真っ白ですぐに返事ができない。可能であれば今すぐ手術をして欲しいが、その手術で命を落とす可能性もあるのだ。

「勿論《もちろん》今すぐ決める必要はありません。大切なことなのでよく考えてください」

すみません、と呟いて柴崎は豆餅を抱っこしたまま待合室へと戻った。豆餅をキャリーへしまい、処方された抗生物質を受け取る。言われるがまま診察代を払い、柴崎は自宅マンションへ戻った。

豆餅をキャリーから出してやると、苦手な外出で機嫌を損ねたのか、一目散にソファの後ろへと隠れてしまう。跳ねる尻尾とふわふわの毛に覆われた後ろ足、まるいお尻を眺めながら柴崎は嗚咽《おえつ》を漏らしていた。

「豆餅……ッ」

あんなにちいさな身体で果たして手術に耐えられるのだろうか。ネザーランドワーフの豆餅は体重一キロにも満たないのだ。

「どうしよう、どうしよう、どうしたら……」

両手で顔を覆い、柴崎は歯を食いしばった。頬が濡れる感触で自分が泣いていることに気づく。友人がうさぎのブリーダーで、譲り受けたのが豆餅だった。もともと小動物好きだった柴崎にとってうさぎを飼うのは長年の夢で、文字どおり目に入れても痛くないほど可愛がってきた。

齧られたせいでソファの四隅はボロボロだし、どんなに気に入っている服も気がつけば穴が空いている。でも全部楽しい思い出で、これからもそんな思い出をたくさん作っていくのだと思っていた。

（嫌だ、嫌だ、嫌だ）

柴崎にとって豆餅は大事な家族で一番の友人だ。いつかその寿命が尽きるとしても、それは今じゃない筈だ。豆餅を亡くすわけにはいかない。

「アル、ミラ……」

縋るような思いでひとつの名前を呟いていた。機嫌を直したらしく豆餅が柴崎のもとへ寄ってくる。泣き笑いの顔で柴崎は豆餅を抱き上げた。

その身体は羽根のように軽く、ちいさくて、あたたかい。この存在を失わずに済むのなら自分はなんだってできるだろう。

背中にそっと頬ずりし、柴崎は豆餅をケージに戻してやった。頭を撫でてケージの鍵を締める。

「待ってろよ、豆餅。絶対におまえのこと治してやるからな」

車の鍵を掴み、マンションの駐車場へ向かう。これから向かうのは藻矢伊山だ。以前のフル装備とはほど遠く、羽織ったジャケットのポケットに辛うじてスマホと財布を突っ込んであるだけだった。

(どうかアルミラに会えますように。俺にはもうあいつだけが頼みなんだ)

平日の昼間なので登山客も疎《まば》らにしかいない。

小屋の場所もうろ覚えだし、そもそもアルミラはもう柴崎と会うつもりはないと言っていた。寝ぐらを引き払っている可能性もあった。

豆餅を一緒に連れて行くことも考えたが、うさぎはストレスに弱い生き物だ。いつもと違う環境に置いただけで多大な負担になってしまう。

動物病院へ診察に連れて行くだけでも気を使うのに、山に登ってあちこち散策するのに同行させるなんて無理だ。

アルミラと再会できる保証なんてどこにもないのである。

(それでも俺はもう一度あいつを見つけるんだ)

時間も体力も有限なので、山頂まではロープウェイで楽をさせて貰う。この前と同じルートで下山して、あの小屋を探すことにした。

(崖から落ちたのは余計で……小屋自体は登山道付近にあった筈だ)

アルミラと別れたあたりを探そうと思うのだが、あの時は夜だったしはっきりとした場所がわからない。それでもこのへんだったかと当たりをつけ、柴崎は林の中を突き進んだ。

(クマとか、出ないよな)

そろそろ冬眠してもいい時期だと思うが、逆に食料を探しに山の中を徘徊している可能能性も高い。クマ除けもかねて柴崎は必死に叫んだ。

「アルミラ、もしいるなら返事をしてくれ！」

歩いて行くうちになんとなく確信する。この道は確かあの小屋に続いている筈だ。思っていた通り、しばらく進むと開けた場所に出た。

「おーい、アルミラ……あっ」

柴崎はハッと息を飲む。小屋があったと思しき場所がすっかり更地になっている。慌ててそこに立てられている看板を確かめた。

そこには解体工事のおしらせ、と書いてあり解体業者名と施主として地元の大学名が記載されている。

どうやらここにあった小屋は、大学の山岳部のものだったようだ。古くなったので取り壊しになったらしい。

（そんな……こころ当たりなんてここしかないのに）

思わずその場に膝をつきそうになる。この場所がアルミラと柴崎の唯一の接点だったのに、この広い藻矢伊山のいったいどこを探せばいいのだろう。

しらみ潰しに歩けば、あるいは奇跡的に出会えるかもしれない。だが柴崎には――豆餅にはあまり時間が残されていないのだ。

（それにもし、アルミラが藻矢伊山から住処を移動させてたら……？）

その場合、柴崎がアルミラを探し出すことはほぼ不可能に近い。ではこのまま諦めて下山するのか。

（くそ、諦められねーよ）

あまり動き回ると遭難するかもしれない。そう思いながら柴崎は引き返すことができなかった。

整備されていない山道を歩いていると、今にもその辺の木立の奥からクマが現れそうでハラハラする。

（も、もしクマに出会ったら決して背中は見せず、ゆっくり後退ること）

胸のなかでクマと鉢合わせしたときの対処法を復唱しつつ、柴崎は一縷の希望を抱きながらアルミラと最初にあった場所を目指した。つまり自分が崖から落ちた場所だ。

（たぶん、こっちのほうだと思うんだが……）

近くにちいさな小川があったのは覚えている。耳を澄ますと微かにせせらぎが聞こえてきた。

「アルミラ！　アルミラ、頼む出てきてくれ！　アルミラ！」

うさぎのように長いあの耳に、どうか届きますように。柴崎は祈った。彼には一度命を救われた。これ以上望むべきではないと、自分が誰よりもわかっている。それでも祈ってしまうのだ。

あともう一度だけ、どうか救って欲しかった。

「頼む、アルミラ。もう一度だけ助けてくれ！　アルミラあああ！」

こんな山奥で喚いていたら、狂人だと思われそうだ。でも今はなりふり構っていられない。ふらふらと木と木のあいだを彷徨いながら柴崎は喉が痛んでも叫び続けた。

「アルミラあああ！」

声が掠れ、柴崎は咳き込んだ。もう喉は限界に近いし帰り道もそろそろあやしくなってきた。これ以上進めば引き返せなくなるかもしれない。

大きく張り出した大木の根に足を引っ掛けて、柴崎はがくりと膝をついた。己の不甲斐なさに頭を抱え込む。

そうしてひとりうずくまっていた時だった。

「柴崎、か？」

背後から声がする。

馴染《なじ》みがあるとは決して言えない。だが確かに知っている声だ。期待と不安の中で顔を上げる。

これは夢か、幻か。

そこには柴崎が求めていた姿があった。陽に透けて金色に輝く髪、緑がかった複雑な虹彩、一目見たらもう目が離せない完璧な美貌。もしもこの世界のどこかに神様がいるのなら、こんな容姿をしているのではないか。そんなことさえ思ってしまう。

人間の姿のアルミラが自分のことを見下ろしていた。

「アル……ミラ！」

幻ではないと確かめたくて、柴崎はがばっと立ち上がり一目散に彼のもとへと突進した。

「うわっ」

あからさまに怯んだ様子のアルミラを見て、柴崎はふと我に返った。

どうやらあまりにも必死だったせいで、鬼のような形相になっていたらしい。その場でぐっと立ち止まると、アルミラは整った片眉をピンと跳ね上げた。美形だからこそ似合う表情に、状況も忘れ見惚れかける。

アルミラは挑むような眼差しで自らこちらに歩いてきた。

互いの爪先がぶつかりそうな距離で、ぽんと柴崎の胸を拳《こぶし》で叩く。

「別におまえの顔なんか怖くねーからな！」

正体はあんなに愛らしいジャッカロープのくせに、アルミラは負けん気が強いらしい。張り詰めていた気が緩むのと同時に、涙腺やら何やらいっぺんに崩壊した。

「アルミラ〜」

「うわ、なんなんだよあんたは！」

土下座する勢いで柴崎はアルミラに懇願《こんがん》する。

「頼む、豆餅を助けてくれ……！」

「豆餅って……あんたの飼ってるうさぎのことか」

柴崎は獣医から聞いた話をそのまま伝えた。

アルミラと再会できたことは僥倖《ぎょうこう》だったが、こちらの要望を彼が叶える必要など微塵《みじん》もないことは知っている。豆餅は彼の仲間ではなくただのうさぎだ。

彼が下す判決をじっと待っていると、アルミラは「いいぜ」と請け負った。

「え……」

「なんでびっくりしてんだよ。俺に豆餅を助けて欲しくてあんた探し回ったんだろ。穴の中までうるさい声が聞こえてきたぞ。そのしつこさに免じて林檎十個で手を打ってやる」

現実離れしたイケメンの顔面を半ば呆然と眺めていると、アルミラは「おい」と苦笑してみせた。

「ここで突っ立ってると寒いんだよ。俺の気が変わらないうちにおまえの巣へ連れて行け」

言われて気がついたがアルミラは前に会った時と同じ半袖Tシャツにジーンズだ。

「うわ。ってかおまえ、なんて格好してるんだ。早くこれを着ろ！」

寒そうに身を震わせるアルミラに、柴崎は己の羽織っていたジャケットを慌てて肩からかけてやった。

アルミラは特に遠慮するでもなく「おう」と気安く頷いた。長身だが細身のアルミラに柴崎のジャケットはやや大きめだ。

「へへ、あったかいなこれ」

嬉しそうにアルミラが言うのを見て、柴崎はジャケットを失った寒さも気にならなくなった。一応中に厚手のセーターを着ているので、耐えられないほどではない。

「俺が着ると三千円のセール品にしか見えないのに、おまえが着るとめちゃくちゃ高そうに見えるな」

「何が?」

「いや、こっちの話だ気にするな」

正直に道がわからないと打ち明けると、アルミラが麓《ふもと》までちゃんと案内してくれた。駐車場で車に乗って柴崎のマンションまで向かう。

「これ、乗るのか」

「えっと……歩けないこともないけど車のほうが楽だし早いぞ。アルミラは車って乗ったことあるか?」

柴崎のことばにアルミラは黙って頷いた。

「それくらい、ある」

助手席の扉を開けてやると、アルミラはおっかなびっくり乗り込んだ。扉を閉めてやり柴崎も運転席に座る。シートベルトをする柴崎を真似て、アルミラもシートベルトをちゃんと締めた。

車に乗ったことがあると言ったのは本当らしく、アルミラは大人しく助手席に収まっている。不必要にキョロキョロしないのは、山にいるばかりではなく街中にも繰り出している証拠だろうか。

平日の昼間とあって道は比較的空いている。二十分程度でマンションの駐車場に着いた。

「ええとこのマンション……建物が俺の家」

築十年、十二階建ての中古マンションを見て、アルミラが驚愕《きょうがく》の表情を浮かべる。柴崎はハッとして付け加えた。

「勿論この建物全部じゃなくて、部屋のひとつを借りてるんだけど」

「なーんだ」

拍子抜けした様子で頷くと、アルミラは柴崎を促した。そうだ、一刻も早く豆餅を治して貰わなければならないのだった。柴崎が思っているよりもアルミラは世慣れているのかもしれない。

だがエントランスのオートロックを開けると、アルミラは肩をびくりと竦めた。

（そうでもないか？）

エレベーターに乗るときも恐々とした様子で、大丈夫だとその肩を抱き寄せそうになる。

（く、待て待て。俺はこいつの正体がジャッカロープだって知ってるけど、傍から見りゃ

ただの長身のイケメンなんだぞ）

横に並んでも柴崎とアルミラはそれほど目線が変わらない。それなのにアルミラに対して可愛いと思ってしまうのを止められないのだ。

（あくまで中身、ジャッカロープのことだからな！）

決してイケメンによろめいているわけじゃない。と思いたい。九階につくと柴崎はアルミラを連れてエレベーターを降りた。東側の角部屋のひとつ手前が柴崎の部屋だ。

「ただいま、豆餅」

鍵を開けてアルミラを中へ案内する。

「すげー、あったかい……！　休憩所みたいだ！」

アルミラが言っている休憩所とは藻矢伊山山頂の休憩所のことだろう。

柴崎の部屋は寒冷地仕様のセントラルヒーティングなので、玄関からトイレまで部屋中が暖かい。アルミラが普段過ごしていた小屋は無人なので暖房が入っていなかった。

部屋の中をキョロキョロ眺めアルミラは感嘆するように息を飲んだ。嬉しそうに背後を振り向いた拍子に柴崎と目が合う。

あ、と今気がついたような顔をしたあと、アルミラはツンと顎を反らしてみせた。

「ふ、ふん。まあまあじゃねーの？」

「ありがとう。これでも頑張って綺麗にしているつもりなんだ」

綺麗にしていると言っても所詮は男のひとり暮らしである。細かいところの掃除など正直行き届いていなかったりするのだが、住むのに支障はないレベルだ。

1LDKの部屋には二人がけのソファとローテーブル、正面にテレビとテレビボード、キッチンの奥に食器棚が置いてある。特別なものなどどこにもない、ごくごく普通の部屋だ。

唯一ちょっとだけ他所《よそ》と違うものといえば、寝室に通じる扉の横にうさぎ用のケージが置いてあることくらいだろう。そしてそのすぐ横には小動物用のトイレが置いてあった。トイレはケージの中にもあって、外に置いてあるものは部屋の中を散歩している時に催したら使うのだ。

アルミラはまっすぐケージに向かうと鍵を開け豆餅をそっと抱きかかえた。

柴崎はあれっと大きな声をあげる。

「豆餅って慣れない人間に抱っこされるの、めちゃくちゃ嫌がるんだが……あんたは大丈夫そうだな」

柴崎を見てアルミラはニヤリと笑ってみせた。

「そりゃ、俺は人間じゃないからな」

確かにそうだ、と改めて思い知る。

豆餅を腕に抱えたまま、アルミラはソファに腰を下ろした。うさぎを膝の上に乗せて何度か頭を撫でてやっている。豆餅は気持ちよさそうにじっとしていた。

逃げたり暴れたりしそうにないのを見て、アルミラは己のTシャツを首元近くまで捲りあげた。縦抱きにして豆餅のちいさな口もとに自分の乳首を持ってくる。

アルミラの白い胸から、柴崎はなんとなく目を逸らした。

（う、待て待て。あの乳首は男の乳首だぞ。意識するほうがおかしいだろうが。だいたい男っていうより人間ですらないってのに）

自分は豆餅の飼い主なのだ。治療をするのならしっかり見届ける義務がある。覚悟を決め柴崎は改めてアルミラたちへ目を向けた。

豆餅の様子を窺うアルミラの眼差しは優しい。伏せられた睫毛の長さにハッとしながら柴崎は言った。

「大丈夫だぞ、豆餅。俺もこのアルミラのミルクで怪我を治して貰ったんだ。おまえの病気だって絶対に治るからな」

祈るような思いで豆餅の挙動を見つめる。豆餅は自分を抱えるアルミラの腕にちいさな前足を乗せた。そのまましばらくふんふんと鼻を蠢《うごめ》かしていたが、やがてちいさな舌を使ってアルミラの乳首をペロペロ舐めだした。

「かっわ……！」

思わず興奮しかけて、柴崎は己の腿をぎゅーっと抓った。痛みで我に返りつつ、ぐっと下唇を噛みしめる。

（今は大事な治療中なんだぞ！　いくらどうしようもなく可愛い絵面だからって、はしゃぐなよ俺！　苦しんでいる豆餅やわざわざここまできてくれたアルミラに申し訳なさすぎる）

アルミラの授乳姿を柴崎はソワソワしながら見守った。

（あああああ、とはいえやっぱり可愛い！　すごい可愛い！）

本当だったらデジカメで激写したかった。正座した膝の上、ぎゅっと両手を握りしめ耐える。

やがて授乳が終わったらしく、アルミラは「おい」と柴崎に声をかけた。

「あ、はい。ど、どうかな豆餅は？」

「苦しそうだったけど、今はかなり楽になったみたいだぞ。あと二、三回乳をやれば完治するだろうな」

柴崎に説明しながら豆餅を床に置く。しばらくうろうろしていたが、豆餅は自らケージに戻って行った。それから皿に入っていたペレットに食らいつく。

豆餅がペレットを齧るコリコリという音を、柴崎はずいぶん久しぶりに聞いたと思った。

「豆餅……やっと餌を！」

よかった、と涙ぐむ柴崎の横で、アルミラは静かに言った。

「うさぎみたいな被食動物は、自分の不調をギリギリまで隠したがる。それなのに餌を食べないってのはよっぽどのことだ」

柴崎は神妙に頷いた。これからは今まで以上に豆餅のことをしっかり見てやろうと決意する。うさぎは己の不調を伝える術を持たないのだ。飼い主が気づくしかない。

「本当にありがとう……。なんてお礼を言っていいか」

涙ぐみ柴崎は頭を下げる。するとアルミラはプイっと顔を背けて言った。

「いくらジャッカロープの乳でも死んだものを生き返らせることはできないからな。間に合ってよかったんじゃないか」

顔はよく見えないが、目尻と耳の先がほんのすこし赤く染まっている。ひょっとして照れているのだろうか。

(って、そんなわけないか。うさぎをダシにされ、人間嫌いなのに俺なんかの手助けをしちまったって怒ってるとか……?)

アルミラがこちらに向き直る。柴崎を真っ直ぐ見つめるので、反射的に頬が熱くなった。

(反射ってなんの反射だよ)

柴崎には、男に惚れる趣味などない。テレビや雑誌でどんなに顔のいい男を見たって「イケメンだな」と思うだけだ。

でもアルミラを見ているとなんだかソワソワしてしまうのだ。

(ジャッカロープの乳には、そういう成分が入っているとか?)

鹿爪《しかつめ》らしく悩む柴崎の眼前に白い掌がにゅっと伸ばされた。

「ほら、早く約束のものを寄越せ。忘れたとは言わせないぞ」

「へ?」

「だから林檎だよ林檎! きっちり十個だぞ。一個たりともまけないからな?」

そういえば今回の依頼を引き受けてくれる際、そんな条件を出されたのだった。だがこの部屋には林檎がないからスーパーに行って購入しなければならない。

(アルミラを山に帰すとき、ついでに買えばいいか)

そこまで思って柴崎は気づく。さっきアルミラはあと二、三回乳を与えれば豆餅は完治すると言っていた。

つまり、あと二回か三回また山までアルミラを迎えに行く必要があるのだ。それならいっそここにいて貰えたら探す手間が省ける。

「さっきの約束だが、本当に林檎十個なんかでいいのか?」

「何……?」

アルミラの差し出した手首を掴む。柴崎がそのまま詰め寄ると彼は思い切り仰け反った。

「このまえの小屋、壊されちまったんだな。おまえ今どこに住んでるんだ?」

さっき柴崎の前に現れたアルミラは『穴の中にいても聞こえた』と言っていた。ジャッカロープと人間は違うので、別に不自由など感じていないのかも知れない。

だが暖房の入った部屋に感嘆したということは、この部屋だって悪くないと思ったに違いないのだ。

アルミラがチッとちいさく舌打ちする。

「別にどこだっておまえには関係ないだろ……」

「関係あるって。豆餅の治療のためにあと二、三回はうちに来て貰わなきゃいけないだろ。あの小屋みたいな目印がないと、おまえのこと今日みたいに探し回るハメになる」

アルミラは呆れた顔をした。

「それくらい気合入れて探せよ」

「勿論おまえがそうしろって言うなら頑張って探すさ。でもこれからどんどん寒くなって、雪だってたくさん降るだろ。そうしたらさ、やっぱり屋根とか壁とかあったほうがいいんじゃないか」

ことばの真意を掴みかねた様子でアルミラは目をしばたたいた。

「そりゃ、あったほうがいいけど」

「だったらさ、しばらくここに住むのはどうだ？」

「は？　ああ？」

アルミラのただでさえ大きな両目が見開かれる。それはそうだ。彼は人間を避けて暮らしていた。それなのにたった二回会っただけの柴崎から、こんなことを言われたって警戒するだけだろう。

だが柴崎は顔のわりに勧誘上手だった。むしろ外見というハンデがあるぶん口が上手くなったとも言える。

柴崎はアルミラの肩を優しく叩いた。そして畳み掛けるように続ける。

「だってここにいれば雪や風をしのげるし、食べるものだって困らない。ご覧の通り暖房が入っていて冬のあいだじゅうあったかいし林檎だって食べ放題だ」

アルミラは答えない。透き通るような緑の瞳が、じっと柴崎を見つめている。

「この冬のあいだだけ……なんなら豆餅の治療が終わるまででもいい。おまえが出て行きたいって思ったら、いつだって山に帰してやる」

「どうしてだ？」

アルミラがここに住むことによって、柴崎になんの利があるのか。彼は知りたいのだろう。じっと見つめられ、柴崎は全身から汗が大量に噴き出すのを感じた。別に詰問されたわけじゃない。

だが不埒な思いでも抱こうものなら、何もかも見透かされてしまいそうだ。

「どうしてって……俺は昼間働いているだろ」

柴崎は正面からアルミラの視線を受け止めた。こちらに疚《やま》しい気持ちなどないのだ。

堂々としていればいい。

「そのあいだ豆餅はこの部屋でずっと留守番しているんだ。だからアルミラがもしここに住んでくれたら、豆餅も嬉しいんじゃないかと思って」

柴崎のことばを吟味するように、アルミラは黙りこくった。静まり返った部屋の中、豆餅がペレットを齧るコリコリという音だけが響く。

やがてアルミラは口を開いた。

「いいぞ」

あっさり頷くアルミラを柴崎は信じがたい思いで見つめた。自分で申し出ておきながらまさか了承してくれるとは思っていなかったのだ。

「そうか、よかった……！」

弾む気持ちが抑えきれない。柴崎はウキウキしながら言った。

「外に出る時は人間の姿で、部屋《ここ》にいる時は、どっちでも好きな姿で過ごせばいい。そうだ、洋服は俺のものを好きに着ていいから。あ、でもおまえの服もちょっと買ったほうがいいよな。あとはええと、何が必要かな……」

はしゃぐ柴崎を見てアルミラは胡乱《うろん》げな表情だ。

「なんでそんなに嬉しそうなんだ、おまえ」

「え？　そ、そんな嬉しそうだなんて……ッ」

多頭飼いに憧れていた、なんて言ったら蹴っ飛ばされそうだ。ジャッカロープになったアルミラと豆餅が仲良くじゃれ合っている姿を想像し、柴崎は頬を緩ませる。

顔がだらしなくニヤけそうになるのを堪えていると、アルミラがフイと顔を背けた。

「いいか、変な勘違いするなよ。俺がここにいるのはあくまで俺の意志で、おまえに飼われてやるわけじゃないからな」

柴崎はギクリと顔を強張らせた。一瞬頭の中を覗かれていたのではないかと焦る。

「どうしたんだよ。顔が怖いぞ、おまえ」

「顔が怖いのは生まれつきだ」

自分で言いながらちょっと落ち込む。気をとりなおすように柴崎は言った。

「アルミラのことを飼ってやろうだなんて思ってない。いつだって好きな時に出て行っていいんだ。でもおまえがウチに住んでくれたら俺は凄く嬉しいし、豆餅だって絶対に喜ぶ」

「そりゃ豆餅は喜ぶだろうな。なんたって俺はジャッカロープだし」

アルミラが不敵に笑ってみせる。胸を反らして宣言する姿は尊大というよりもどこか微笑ましかった。

そうだな、と柴崎は神妙に頷いた。

「おまえは俺と豆餅の命の恩人だ。どんなに感謝してもしきれない。ここにいてくれるあいだだけでも、何か恩返しができるといいんだが……」

ふうん、とアルミラは豆餅のほうへと視線を向けた。柴崎の心情など、あまり興味がないのかもしれない。

「……おまえだって」

言いかけたアルミラのことばを遮るように柴崎のスマホが鳴った。着たままだったジャケットのポケットから振動するスマホを取り出す。

画面を見ると豆餅のことで普段から世話になっている友人だった。

「話の途中ですまん。ちょっとだけ待ってくれ」

柴崎のことばにアルミラはひらひらと指を振ってみせた。互いの近況について十分ほど語り合う。思い出したように友人が訊ねてきた。

『豆餅は元気か？』

「ああ、おかげさまで変わりないよ」

近いうちに会う約束をして会話を終える。アルミラはどうしているか気になって振り向いた柴崎は「はう」と思わず身悶えた。

アルミラはジャッカロープの姿でソファの上に横たわっていた。あまりの可愛さに思わず床の上に正座してしまう柴崎だった。

（そういえばさっき何か言いかけていたな）

あとで聞いてみようと思いつつ、それきり柴崎は忘れてしまった。

4

ピンポーン、とマンションのチャイムが鳴る。

躊躇《ちゅうちょ》なく扉を開くと、そこに立っているのはスーツを着た中年男性だった。すらりとした体躯に眉がくっきりした色男である。

あっと思った次の瞬間、色男に唇を奪われる。

「ダメ、ダメです。やめて……っ」

「駄目だなんて、嘘ばっかり」

「ああっ」

女の艶かしい声にアルミラが生キャベツの葉を齧るバリッという音が被さった。真剣な眼差しの先、男女が激しく身を絡ませている。テレビ画面の中の出来事だ。

（これが人間の交尾なのか）

画面の中で男は女の胸をひとしきり揉みしだくと、おもむろにその先を吸い始めた。アルミラは興味深くその行為を見つめた。人間の交尾を見るのはヤクザに捕まったとき、組長と少年たちのまぐわいを見て以来だ。

（へえ、人間って交尾の時に乳を吸うのか）

そういえば、とアルミラは己の胸を見下ろした。柴崎の着古したスウェットにせんべいの食べかすが散らばっている。ぽんぽん、とはたき落すとその際乳首にぶつかった。その刺激にちょっとだけビクッとしてしまう。

母乳が出るようになってから、そこは敏感な場所になっていた。

（そういや柴崎も俺の乳を吸ったんだよな）

あの時の柴崎は大怪我を負っていた。そのせいでそれなりの時間をかけて柴崎に自分の胸を吸わせることになった。

最後のほうのゾワゾワした感覚を思い出し、アルミラは慌ててかぶりを振った。

勿論あれは交尾でもなんでもない。あくまで怪我を治すための手段だった。

「あの時は柴崎も大怪我してたから、フカコウリョクってやつだよな。おい、豆餅もそう思うだろ？」

自分はキャベツの葉を齧りながら、豆餅に芯の部分を差し出してやった。美味しい、嬉しい、そんな気持ちが豆餅から伝わってくる。豆餅は葉の部分より芯が好きなのだ。

ほんの五日前まで豆餅はとても重い病気を患《わずら》っていた。だがアルミラの乳を飲んだおかげで、彼女の病は既に治癒済みだ。

つまりアルミラがこの部屋に居座る理由はもうない。ないのだが、柴崎からここに居てくれと懇願されているうえ、豆餅も同じ気持ちのようなので仕方なく滞在してやっているのだ。

別に快適な暖房につられたわけでもキャベツや林檎の誘惑に屈したわけでもない。ジャッカロープは誇り高き生き物なのである。

高貴なアルミラは己を高めることにも妥協《だきょう》しない。人間社会に溶け込めるように現在もテレビを見て猛勉強中だった。

「マジかよ、西尾と彩香がなあ……。待て待てそれじゃあ桜子はどうなるんだ?」

ジャッカロープと比べると人間の社会は複雑で色々大変そうだ。ドラマの次回予告を眺めながらアルミラはここの家主へと思いを馳せた。

「柴崎も西尾と彩香みたいに交尾したりすんのかなあ」

アルミラは見知らぬ雌と睦み合う柴崎のことを想像しようとした。だがなんとなくピンとこない。

「あんな顔の怖いヤツ、雌を捕まえられるわけないか」

独り言ではなくアルミラは豆餅に向かって話している。返事はないけれど別に構わなかった。ケージから出たいと言うので豆餅を部屋に放ってやる。

アルミラのところへ寄ってきたのでおやつ用のバナナをすこし分けてやった。むにゃむにゃと嬉しそうに咀嚼《そしゃく》する豆餅を眺めながら、アルミラも一緒にバナナを食べる。

そう言えば今日は珍しいことに、柴崎の帰りが遅くなるらしい。

(ふん、洗濯でもしてやるか)

洗剤をセットして洗濯機を回す。豆餅が掃除機の音を嫌がるので、寝室のカーペットにコロコロをかけた。脱水と乾燥を終えた洗濯物を取り出して柴崎の部屋へ持って行く。

それからジャッカロープになって豆餅と部屋の中を駆けっこした。すっかりくたびれた豆餅がケージに戻ったのでアルミラは人間の姿に戻った。

「もうこんな時間か」

冷蔵庫に入っていた小鍋を取り出しIHヒーターで温める。夕食はいつも柴崎と一緒に食べるが今日はアルミラひとりだ。部屋はシンと静まり返っている。

(今日の野菜スープ、なんか味気ねーな? 柴崎のヤツ手を抜いたんじゃ……)

クイズ番組を見て風呂に入っても柴崎はまだ戻らなかった。ソファに座って豆餅を眺めているうちに、段々眠くなってくる。

いつもより二時間も遅くなってから、ようやく柴崎が帰ってきた。

「ただいま」

「おかえり」

疲れたなあ、と言いながら柴崎がリビングへやってくる。コートとスーツ上下をハンガーにかけ、柴崎は部屋着へと着替えた。

そのまま浴室へ向かおうとする相手をアルミラは咄嗟に呼び止めた。

「待て……っ！」

柴崎は足を止めるとわずかに目を泳がせた。

「えっと……どうした、アルミラ？　シャワーを浴びるからどいてくれると嬉しいんだが」

「シャワーを浴びるまえに確かめたいことがある」

腕組みし、仁王立ちするアルミラを見て柴崎はヒクリと顔を引き攣らせた。いつもならその表情に怯えるところだが、アルミラの目は据わっている。

「今日はちょっと汗をかいたから、先にシャワーを浴びてから……」

「ちょっと黙ってろ」

言いながら相手の首筋に鼻先を埋める。「ひえっ」と耳元で柴崎が喚くのを無視し、胸元から腹部にかけて順に匂いを確かめた。臍《へそ》からさらに下部へと向かう途中、突然柴崎が叫び出した。

「わー、アルミラそれより下は勘弁してくれ！」

脇の下に両手を入れられ、ぐっと持ち上げられてしまう。柴崎とは身長はあまり変わらないが、体格は向こうのほうが逞しい。アルミラだってしっかり筋肉はついているが、柴崎は骨格自体ががっしりしているのだ。

柴崎が怒った顔をすると、どうしても胃の底がひやりとする。だがアルミラは柴崎の凶悪面を正面から睨みつけた。

「おまえから他のうさぎの匂いがプンプンする」

人間はつがいを作りたがるくせに、すぐ浮気したがる厄介なタチだ。アルミラは何も知らずぷうぷう鼻を鳴らしている豆餅を見て、カッと頭に血が上った。裏切り者は許せない。

柴崎の胸ぐらを掴んでやった。

「事と次第によっちゃ容赦しねーぞ」

アルミラの剣幕に柴崎はヒッと声を漏らした。いつもは怖い顔だって今は平気だ。

「待て待て待て、今説明するから待ってくれ！　別に悪いことをしているわけじゃないんだ」

「言い訳はいいからキリキリ吐けよ」

ソファにふんぞり返ったアルミラの正面に柴崎は自ら正座した。

「ええと俺の友達が『うさぎカフェ』を経営してな、その友人に会うため〝仕方なく〟そのカフェへ行ったんだ。浮気じゃない」

人間世界の情報収集に余念のないアルミラは、以前お昼の情報番組で『猫カフェ』の特集を組んでいたのを見たことがあった。『うさぎカフェ』とはそのうさぎ版なのだろう。

「だったら最初からそう言えばいいだろ。なんでコソコソするんだよ！」

面目ない、と頭を下げる柴崎を見て、アルミラはいいことを思いついた。豆餅はケージの中でくあっと欠伸《あくび》をしている。まったく呑気なものである。

それを見た柴崎が相好《そうごう》を崩したので、アルミラは彼の両頬を指で抓った。

「俺もその〝うさぎカフェ〟に連れて行け！」

「ひゃ、ひゃいっ」

涙目で返事をする柴崎を見て、ちょっとだけ胸がすく思いだった。


うさぎカフェ『さくらむーん』は薩穂市中央区の大戸《おおと》地区にあった。柴崎のマンションからだと車で十分もかからない。

店には駐車場がないから近くのパーキングに車を停め、ふたりはカフェへと向かった。

（おかしな店だったらただじゃおかないからな！）

アルミラは厳しい眼差しで店の中をチェックする。

柴崎とアルミラのほかは若い女性客ばかりのようだ。奥に店員がいるが、客と話していてなかなかこちらへやってこない。

「ここはうさぎカフェだけど、サロンとショップも兼ねてるんだ。店長の花村《はなむら》がブリーダーもやっててさ」

うさぎの餌やらグッズやらが陳列されていて、壁際にはケージも並んでいる。中を覗くとまだ幼いうさぎたちがこちらを見返してきた。

ちいさいものだとせいぜい生まれて一ヶ月、大きいものでも三ヶ月は経っていないように見える。

ケージは五つあったが、そのうち三つには予約済みの札がついていた。

「まだちっちゃいだろ、この子たち。一応店頭に並んでるけど、店長の方針で生後二ヶ月以上経たないとお客に引き渡ししないんだ」

「ふーん」

なんとなく複雑な思いで佇うさぎたちを眺めていると、柴崎がぼそりと呟いた。

「アルミラは、やっぱりこういうの嫌だよな」

「こういうのって？」

本当にわからなかったので訊き返すと、柴崎はバツが悪そうな顔をする。

「だからこういうさ、動物のことを買ったり売ったり……」

「え、なんでだよ」

顔を見合わせてお互い不思議な顔をする。アルミラはちょっとおかしくなって笑いながら言った。

「そりゃあ誰かに飼われるとか俺だったら嫌だけど？　でも、たとえばこいつらを外に逃がしたって、ここの冬を越えるのは無理だろ」

ネザーランドドワーフやロップイヤーなどの飼いうさぎはデリケートな生き物なのだ。もともとこの地域に生息している野ウサギと違って体温調節機能がうまく働かない。

「檻の中に閉じ込めっぱなしとかは駄目だけど、自分で餌を探す必要がないってのはデカイからな。野鳥やキツネ、熊に狙われないのもあいつらにとっちゃありがたいことだろうし」

あんな奴ら俺は別に平気だけどな、と内心で付け加える。ただし熊は除いてだ。

「……そうか」

柴崎がほっとしたように詰めていた息をほどく。アルミラはふと気がついた。ひょっとして柴崎はアルミラの気持ちを考えて、この場所のことを内緒にしたかったのだろうか。

動物の命を金でやりとりするのだから確かにいい気はしない。だがどんな経緯だろうと命が生み出されることには違いないと思うのだ。生まれて不幸になるのか幸福になるのかなんて当の本人にしかわからないのだから、一概には言えない。

そもそも人間に食われるために飼育され屠殺《とさつ》される家畜と、天敵に食い殺される野生の獣と、どちらが幸せかと訊ねられてもアルミラには答えられない。

自分がわかるのは身近にいる生き物についてだけだ。

「おまえみたいのにならら、飼われるのもいいかもな」

「俺に飼われ……って、突然何を言い出すんだよ!?」

目に見えて柴崎が動揺する。アルミラは皮肉っぽい笑みを浮かべて言った。

「豆餅を見ていて、幸せそうだなと思っただけだ。本気でおまえなんかに飼われたいわけじゃないから勘違いするなよ」

「う……そりゃ、そうだよな」

柴崎が片手で目元を押さえた。いったい彼は何を想像したのだろう。

「それに俺がおまえに飼われたら、愛人ってやつになるんじゃないの」

柴崎はぱくぱく口を開閉させてから、アルミラの耳でやっと聞き取れるくらいの小声で言った。

「愛人じゃなくてせめて恋人とかさ……」

「え？　愛人と恋人って何が違うんだ」

基本的に人間のことばはテレビなどで覚えるため、細かいニュアンスは不明なことも多い。追求すると柴崎は赤い顔で低く唸った。

「あれ、柴崎さん？」

背後から声をかけられ柴崎がびくっと身体を揺らす。ようやく店員が来たようだ。

女性だが、チョコレート色の髪を柴崎より短くしている。名札にはいとう、とひらがなで書いてあった。

「どうしたんですか、連日で来店してくれるなんて珍しいですね。店長なら今日は夕方まで来ないですよ」

「今日はあいつに用があってきたんじゃないんだ。えっと……」

何故か言い淀む柴崎をよそに伊藤はアルミラに気がついた。

「ああ、お友達を連れてきてくれたんですか。ありがとうございまーす」

伊藤は柴崎とも顔見知りのようで親しげだ。なんとなく面白くない気がして、アルミラはムッと唇を尖らせた。だがどうして自分がイライラしているのかはよくわからない。

ひとりで不貞腐《ふてくさ》れていると、伊藤がこちらを見て声をかけてくれた。

「どうも初めまして、本日は『さくらむーん』へようこそいらっしゃいました。ゆっくりしていってくださいね」

笑顔に圧《お》され、アルミラはこくりと頷いた。

「カフェご利用でいいんですよね？」

「ああ、頼むよ」

伊藤の問いに柴崎はにやけた顔で頷いた。それを見てアルミラはまたムッとする。そんなに他所のうさぎが可愛いのだろうか。

（豆餅に悪いとかなんとかないのかよ）

当の豆餅はきっと気にしない。あの呑気な飼いうさぎときたら、美味しい餌を食べて柴崎に撫でて貰えば十分幸せなのだ。

(だから俺が代わりに怒ってやる……てわけじゃないんだけど)

入場料金を払い、奥の部屋へ移動する。

カフェ内は五匹のうさぎがそれぞれ個別のケージに入っており、客に抱っこされる時だけ出して貰うらしい。

「カフェ内はワンドリンク制になっています。ご注文はのちほどお伺いしますね。うさぎさんに触りたい場合はこちらのフリースペースでお願いしています。ケージに指を入れるのはご遠慮ください。もし飼ってらっしゃるうさぎさんを連れてくる場合、こちらのスペースで遊ばせることができます。その際は事前にご予約が必要です」

伊藤はアルミラに向かって説明してくれているようだ。

カフェ内には先客が二組いて、どちらも女性のグループだった。そのうち一組は二人連れで、膝の上に黒いうさぎを抱っこしている。

(あの黒いやつ、ちょっと怯えてるな……)

すこし可哀想に思ったが、今のアルミラは人間の振りをしているのだ。よほど嫌がっていない限り口出しすべきではない。

抱っこしている客も無茶をするつもりはないらしく、優しい手つきで背中を撫でていた。

（まあ、あれなら大丈夫か）

案内された席につき柴崎はコーヒーを、アルミラはりんごジュースを注文した。

「……」

柴崎がケージの中にいるうさぎを見てニヤリとする。だがアルミラがジト目で自分を眺めているのに気づくと急に視線を泳がせた。

やっぱり後ろめたいんじゃないか。アルミラは呆れて呟いた。

「おまえ、浮気している男みたいだぞ」

「う、浮気!?　俺は別にそんなつもりじゃ……っ」

ただでさえ柴崎の地声は響くのに声が大きい。先客たちの視線が一斉にこちらへ向けられた。柴崎の外見のせいで直接注意する者はいなかったが迷惑そうなのは見てとれた。

さっきの黒いうさぎも突然の大声に驚いたらしく、女性客の膝の上でヒクヒクと震えている。

ドリンクを持って颯爽と現れた伊藤が笑顔で告げた。

「うさぎさんたちは気が弱いので、大きな声はご遠慮くださいね～。柴崎さんはご存知でしょうけど？」

「はい、そのとおりです。すみません」

頭を下げる柴崎の額にじわりと汗が滲む。アルミラもつい背筋をピッと伸ばした。

女性ながらこの伊藤という人間は侮れない。なにしろ柴崎の顔にもまったく怯む様子がないのだ。

伊藤が他の客の対応に向かうと、柴崎は声を潜めてアルミラに詰め寄ってきた。

「おまえ、その愛人やら浮気やら、いったいどこで覚えてくるんだよ」

「テレビの〝愛人志願〟ってやつを見て覚えた」

「……何で昼ドラ見てんだよ」

柴崎ががく、と俯き頭を抱え込む。彼はアルミラが人間の知識を身につけるのが嫌なのだろうか。

（なんだよ……もっとちゃんと人間らしくなって、おまえに迷惑をかけないようにしたいのに）

連れが黙りこんでしまったので、アルミラはカフェ内のうさぎたちへ目を向けた。

ネザーランドドワーフが二匹、ロップイヤーが二匹、アンゴラが一匹がいて、それぞれ毛の色は黒、栗色、こげ茶、白と茶、グレーだ。

皆ちょっと退屈そうにしているが、毛艶はいいし特に不満もなさそうである。

「ん？」

ロップイヤーの一匹が気になり、アルミラは椅子から立ち上がりケージに近寄った。

（こいつ……）

黒に近いチョコレート色のロップイヤーが両手を使って顔と耳を洗っている。ハッとして振り向くと柴崎がスマホのムービー機能を立ち上げていた。

「可愛いなあ……」

あまりにもデレデレした顔をしているので「浮気だな」と釘をさす。柴崎は肩を震わせたが、スマホを動かさなかったのはさすがだった。

「だからその浮気っていうの、やめてくれ。そもそも俺はコーヒーを飲むついでにうさぎさんたちをちょっと眺めているだけであって、豆餅に対してだって決して疚しいところなんかないんだ」

ムービーをしっかり撮り終わってから滔々《とうとう》と訴える。柴崎に生返事をしていると、伊藤がアルミラに話しかけてきた。

「よかったら抱っこできますよ」

伊藤に曖昧《あいまい》に頷いて、アルミラはじっと柴崎を見つめた。

「どうした、何か気になることでもあったか？」

「こいつ、病院へ連れて行ったほうがいいぞ。できるだけ早く」

アルミラはケージ越しにロップイヤーを眺めた。

「腹動いてないから、放っておくとやばい」

柴崎と店員の「えっ」という声が重なった。柴崎はすぐ我に返ったようで、伊藤を説得し始めた。

「腹が動いてないっていうと、うっ滞か。伊藤ちゃん、店長に電話してくれるかな。こいつ獣医でもなんでもないけど、うさぎに関しちゃ間違ったことは絶対言わないからさ」

「……は、はい」

頷いたものの伊藤は半信半疑といった様子だ。いっぽう柴崎は行動が素早かった。すぐにスマホを取り出して何やら調べ始めている。

「俺、日曜日でも診て貰える病院探すわ」

「店長に確認してきます」

伊藤がバックヤードへ向かおうとする。黒いネザーランドドワーフを抱っこしていた先客がそれを引き止めた。

「あのそろそろ時間なので帰りますね」

「はい、ありがとうございました」

接客用の笑顔を浮かべ伊藤はうさぎを受け取ろうとした。だが動揺していたせいなのか、うさぎを手から逃してしまう。慌てて捕まえようとするのだが、ここぞとばかりにフェイントを駆使し、うさぎは部屋の中を逃げまくる。

「申し訳ありません」

謝罪もそこそこに伊藤は必死にうさぎを追いかけた。

客も柴崎も可愛いと和んでいるが、アルミラは伊藤を手伝うことにした。こうしているあいだもロップイヤーの病状が気になった。

床にしゃがんで逃げるうさぎに呼びかける。

「おいで」

そのひとことで駆け回っていたうさぎが足を止める。手を伸ばそうとする伊藤を柴崎が無言で制した。

全員が成り行きを見守っていると、黒毛のネザーランドドワーフは軽やかな足取りでアルミラのもとへとやってきた。

そのまま手を伸ばすとうさぎは大人しく腕の中へとおさまる。伊藤にどのケージか確認し、戻すとしっかり鍵を閉めた。

伊藤にうさぎを渡した女性客とその連れがアルミラへ声をかける。

「うさぎの扱いに慣れてるんですね」

「ここのお店にはよくいらっしゃるんですか？」

勢いに押され「まあ」と頷くと相手はさらに詰め寄ってきた。

「私もうさぎが好きでー、賃貸に住んでるから飼えないんですけど……。あ。ひょっとしてお家でうさぎ飼ってますか？」

アルミラは答えに窮《きゅう》した。うさぎを飼っているのは柴崎だ。助けを求めるつもりでその柴崎へ視線を向ける。すると彼はぎこちない笑みを浮かべて言った。

「飼ってますよ、うさぎ」

女性客たちは、ヒッとちいさな悲鳴を上げたかと思うと後退りした。

「へえ、そうなんですね。あの私たちこれで失礼しますっ」

立ち去る背中に伊藤が慌てて声をかける。

「ありがとうございました。またお越しください！」

伊藤がジロリと柴崎を見やる。

「柴崎さん、あの方たちうちの常連なんで、脅すのやめて貰えますか」

「ええっ。俺は別に脅してなんか……っ」

そのとき店の扉が開き、誰かが入ってきた。残っていた女性グループがきゃあ、と小声で歓声をあげる。今日も店長カッコイイ、と囁きあう声が聞こえた。

「あれ、おまえまた来てたの？」

案内もなしに男はカフェにやってくると柴崎に話しかけた。

「おはようございます、店長。早かったですね」

「うん、おはよう。思ったより用事が簡単に片付いたから店に来ちゃった。こちらは？」

柴崎が間に入ってアルミラのことを紹介してくれる。

男は柴崎の友人で店長の花村と名乗った。柴崎と同じ年だというが、ずいぶん若く見える。肩までの長髪は緩くウェーブがかかっていて、後ろでひとつに束ねていた。

「アルミラとは藻矢伊山に登ったときに知り合って……」

「え、ナンパ!?」

「ナンパじゃないし、アルミラは男だ！」

伊藤がアルミラのことを伝えると、病院に連れて行くと請け負ってくれた。外へ出るとすっかり日が暮れていた。今の時期の薩穂市は午後四時を過ぎれば日没なのだ。

駐車場へ向かっていると、視界に白いものがチラついた。アルミラのすこし前を歩いていた柴崎が雪だ、とちいさく呟いた。

「先週の日曜日にタイヤ交換しておいてよかった。去年の今頃はもう雪が積もってたから、今年の冬はあったかいほうなのかもなあ」

ことばとは裏腹に柴崎は寒そうに息を吐き出した。その彼から借りたコートを着ているのでアルミラは防寒対策はばっちりだった。

柴崎はふとこちらを振り向くと、自分のマフラーを外しアルミラに巻いてくれた。

「どうも」

寒くない、と言おうと思ったのについ礼を言ってしまった。息が白く凍りつく。

柴崎は何故か嬉しそうな顔をして、また前を向いて歩き出した。駐車場について柴崎が料金を精算するのを傍で待つ。

「寒いから今夜は鍋にでもするか」

「白菜いっぱい入れろよ」

アルミラがリクエストをすると柴崎が力強く頷く。あったかい鍋が楽しみだ。カフェも楽しかったが、早く部屋へ帰りたい。

だが柴崎の運転する車は自宅へは向かわず、大戸公園沿いを走った。

大戸公園は薩穂市中央区にある風致公園で、ライラックをはじめとした百種五千本近い樹木が植えられている。美しい芝生と多くの花壇が整備されており、夏にはビアガーデン、冬は雪祭りが開催され、薩穂市民憩いの場所として親しまれている。

「ほら見ろよアルミラ」

柴崎に言われるまでもなくアルミラは窓にへばりついていた。吐く息で窓が白くなるのを指で擦る。

青い大地が公園内に広がり、その上に大きな青い花が咲いていた。

「ホワイトイルミネーション、一昨日点灯式だったんだ」

歩く速度と変わらないのではないかと思うくらいゆっくり柴崎は車を走らせる。大戸公園は縦に長く、青の区画が終わると次は金色の光が視界に飛び込んできた。音もなく降り積もる雪が地面を白く覆ってゆく。

(冬は嫌いだ)

寒くて餌も乏しくて、生き延びるのに厳しい季節だ。それなのに今、アルミラは暖房のよく効いた車内で雪を眺め光の中にたゆたっている。

「お、見ろよ。クリスマスツリーだぞ」

柴崎が運転しながら指をさす。彼の示す方向へ顔を向けると、金色の光をまとった大木が見えた。

（モミの木みたいだ）

木の天辺《てっぺん》には赤い星が瞬いている。じっと眺めていると星は青色へと変わり、それから緑色へと変わった。

アルミラもクリスマスツリーは知っている。今の時期、人間たちが大騒ぎするのを故郷にいた頃仲間たちと眺めていた。

クリスマスは人間たちの習慣でジャッカロープには関係ない。だが楽しそうな彼らを見て、アルミラはほんのちょっとだけ羨《うらや》ましかった。

「独り身にクリスマスはつらかったが、今年はアルミラがいるからケーキでも買ってパーティーするか」

アルミラにイルミネーションを見せて気が済んだのか、今度こそ自宅マンションへと向かう。

「外に出て見なくていいのか？」

なんとなくアルミラが訊ねると柴崎はぐっとことばに詰まった。信号を見つめたまま彼は口を開いた。

「ジンクスがあるんだ」

助手席で首を傾げるアルミラには目を向けず、柴崎は口早に言った。

「中嶋公園のボートに乗ったカップルは別れるとかいうアレと一緒で、イルミネーションを一緒に見たカップルは別れるっていうな。まあアルミラとは付き合ってないし、っていうか付き合わないいんだけどもな!?」

「……信号変わったぞ」

アルミラに言われて柴崎が慌てて車を発進させる。チラ、とこちらを見て柴崎は言った。

「外出てもっと見たかったか？」

「別に。寒そうだしいい」

「っ……そうだよな」

うんうん、と柴崎が同意する。やがて車は角を曲がり大戸公園が見えなくなる。柴崎はふうっと大きく息を吐き、アルミラの髪をくしゃっと撫でた。

すこし力が強かったが、嫌だとは思わなかった。

5

柴崎はぼんやり壁掛け時計を眺めた。

今は午後三時。快晴だが外は雪が積もっている。おやつを買いにマンションから出て徒歩五分のコンビニに行くのさえ億劫だった。

部屋の中には豆餅と柴崎だけで、アルミラはいない。彼は今バイト中なのだ。

（俺って……休みの日はいつも何してたんだっけ？）

アルミラがこの部屋に来るまでは、ひとりでもそれなりに過ごしていた。それなのに今はどう過ごしていいのかわからない。

（アルミラが楽しく働いてるなら何よりだろ……）

豆餅に乾燥パインを与えながら柴崎は溜息を吐いた。

大好きなおやつをムグムグ食べ終わると豆餅は部屋の隅へ走って行く。どうやら今は撫でられたい気分ではないようだ。

豆餅にも振られ、柴崎はイジイジとラグの上にのの字を書いた。

アルミラは今『さくらむーん』でバイトしている。その経緯はこうだ。

ふたりがカフェを訪れた翌日、柴崎のスマホに花村から連絡が入った。

『なあ、アルミラ君て学生？　普段は何やってる子？　バイトとか興味ないかな』

いきなり畳み掛けられてぎょっとする。

「待て待て待て。いったいなんだよ、どうしたんだ急に」

スマホのスピーカー越しに花村がへへっと笑うのが聞こえた。学生時代から変わらない照れた時の友人の癖だ。

『実はさあ、あのあとピースを病院に連れて行ったんだけど、アルミラ君の言うとおり毛球症になりかけてたんだよね。食欲落ちる前だったから気がつかなくて、本当に助かったんだ』

ピースはこげ茶のロップイヤーのことだ。アルミラのアドバイスは正しかったらしい。この件を伝えてやったら、アルミラはきっと喜ぶだろう。彼はうさぎのことをよく気にかけている。

『でさ俺の店、これからクリスマスだ正月だ期末試験だーって、学生バイトが休みがちになるんだよね。週末だけとかでもいいからバイトに来てくんないかなーって。生き物相手の仕事だから、誰でもいいわけじゃないだろ。その点アルミラ君ならばっちりだから』

「いやでもなあ……アルミラにバイトったって……」

柴崎が渋っているのを察知して花村は泣き落としにかかった。

『なあ助けてくれよ〜。下手したら俺、三十連勤とかになっちまう』

「……マジか」

アルミラにアルバイトをさせるのは不安だ。

見た目は抜群だし頭だっていい。でもアルミラはジャッカロープだ。人間じゃない。

花村にそれを打ち明けるわけにはいかないので、何か起きてもきっと対処できないだろう。本来であれば断る一択だ。だが柴崎は即答できなかった。

もともと花村は大手企業に勤めていたサラリーマンだった。その時の激務がたたって身体を壊し脱サラして今の商売を始めたのだ。

三十連勤などしたらまた寝込んでしまうかもしれない。柴崎は公務員だからバイトはできないし、できたとしてもこの顔では女性客が怖がって逃げてしまう。

『まあ、ダメ元でアルミラ君に聞くだけ聞いておいてくれよ』

「あんま期待すんなよ」

通話を終えると豆餅と遊んでいた筈のアルミラがスススッとソファに近寄ってきた。

「なに？　俺の名前聞こえたけど」

隣に腰掛けて興味津々の目で柴崎を見つめる。このまま正直に打ち明けず、誤魔化《ごまか》すべきなのかもしれない。

だが結局柴崎は花村のことばをアルミラに伝えた。

「バイトって何？」

「やっぱりそこからか。ええとな……このまえの『さくらむーん』あるだろ。あそこにいた伊藤さんは覚えてるよな」

アルミラが頷いたので柴崎は続けた。

「花村の奴が、店に来て伊藤さんがやってたみたいに客の相手したり、うさぎの世話したりして欲しいんだって」

「つまり俺に働いて欲しいってこと？」

バイトはわからなくても『働く』のはわかるらしい。そういうことだ、と柴崎が言うとアルミラは俄然《がぜん》瞳を輝かせた。

「バイトしたい。していいの？　俺、柴崎がいいならバイトしたい！」

「いや今すぐ決めなくてもさ……。俺の友達だからって気にせず、断ってもいいんぞ」

「なんで断るんだよ。やりたいって言ってるだろ」

あまりにも即答するので逆に不安になってくる。柴崎はつい念を押した。

「だから落ち着けって！　一回請け負ったのにやっぱり駄目でしたってなるほうがよっぽど失礼だからな」

見るからにアルミラの機嫌が悪くなる。ソファから立ち上がると冷たい目で柴崎のことを見下ろした。美形だけに迫力があり、こちらの心臓が痛くなる。

「柴崎うるさい。俺、うさぎカフェでバイトするからな！」

こうなったら何を言っても聞かないだろう。出会ってからまだふた月にも満たない付き合いだが、柴崎は知っている。

「わかった。その代わり何かあったらすぐ俺に言うんだぞ」

「うん！　ありがとう柴崎！」

バイトが許可されたと知ってアルミラは満面の笑みを浮かべる。それは、彼と出会ってから間違いなく一番の笑顔だった。彼のこんな笑顔を見られるなら、もういいかなと柴崎は呆気なく陥落した。

アルミラがバイトに行き始めて二週間。

柴崎の心配をよそに、今のところアルミラのバイトは順調らしい。先日も店長の花村から電話がかかってきて上機嫌に告げられた。

『うさぎたちの世話も手馴れてるし、あの見た目だもんで女性客のリピーターも激増してるしでアルミラちゃん様々だよ』

花村の機嫌と反比例するように柴崎の苛立ちは募る。換毛期《かんもうき》の豆餅をブラッシングしてささくれだったこころを癒して貰わなければ。

（別に俺はおまえにアルミラを紹介するためにあのカフェへ連れて行ったわけじゃな

い！）

どうしてこんなに胸がモヤモヤするのか柴崎はちゃんと己で気がついている。

アルミラのバイトは週末の十二時から五時までだ。予定がなければ柴崎が車でアルミラのことを送っている。心配だからだ。

（あいつはバスも電車も地下鉄も乗れるって言ってるけど……俺のこころの平穏のために送迎はやめないぞ）

しかも心配はそれだけに止まらなかった。アルミラのために、こども用スマホまで購入してしまった。ネット閲覧《えつらん》にはフィルタリングをかけているし、登録している番号は今の所柴崎と『さくらむーん』のものだけだ。

（そもそも土日働いたら俺の休みとぶつかるってのに）

週末はアルミラを連れてどこかに出かけたり、出かけない日でも家で豆餅と一緒に遊んだり有意義に過ごしたい。そう思っていたのに憩いタイムが大幅に削られてしまった。

（自分の器のちいささが嫌になるな）

『さくらむーん』の店長である花村はいい男だ。

背も高くスポーツマンで身体もそれなりに鍛えている。柴崎と親しくしてくれていることからもわかるように、性格だって悪くない。

（悪くないどころか俺はあいつよりイイ男を知らん）

つまり花村はよくモテるのだ。柴崎が好きになった女性は、ことごとく花村に惚れた。奇跡的に花村に惚れず柴崎と恋人になった彼女とは、結局二年前に別れている。

(アルミラまで花村に惚れるなんてことは……)

柴崎は後頭部をぐちゃぐちゃにかき乱した。自分の考えに慌てて突っ込みを入れる。

(アルミラは男だ。どんなに可愛くて美人でも、あいつはイケメン、男だ！　それとしつこいようだが人間じゃなくてジャッカロープ！)

別にアルミラに対し恋愛感情を抱いているとか、付き合いたいとか思っているわけじゃない。アルミラが花村に惚れようと柴崎には関係ない話なのだ。

それなのにどうして気になってしまうのか。

(っていうかあいつは男なんだから、惚れるとしたら伊藤さんとか、可愛いお客さんとかのほうだっての！)

彼女がいない独り身としては、それはそれで複雑である。

柴崎は己の胸に手をあてて考えてみた。

もしも豆餅が自分より花村に懐《なつ》いていたらどう思うだろう。嫌だ、ものすごく嫌だ。立ち直れないほどのショックを受けるかもしれない。

アルミラに関しても同じことなのではないか。

アルミラと藻矢伊山で出会って、一緒に住んでいるのは柴崎だ。それなのに自分以外の男に懐いたら嫌に決まっている。

だからこのモヤモヤは恋愛感情からくるものではない――と断言したい。

（それにだな、万が一のこととして仮定するが……もしも、もしもだ、俺とアルミラが結ばれて、そのエッチなことをするとしたら――いわゆる獣姦というヤツになってしまうのでは!?）

字面の生々《なまなま》しさに柴崎の背中に冷たい汗が滲んでくる。

（つまり、豆餅とアルミラが付き合うほうが自然ってことなのか？）

もっふもっふの二匹がぴったり寄り添う姿を想像して、柴崎はほうと溜息を吐いた。豆餅のふわふわの毛を、ジャッカロープになったアルミラが毛づくろいする。冬毛だからささぞかし舐めがいがあるだろう。

（やばい。そんなの絶対に可愛いに決まってる……！）

とてもお似合いだし、可愛いと可愛いの相乗効果で大変なことになってしまう。おもに柴崎が、だ。

（ああ～、なんならこどもも可愛いぃぃぃ）

赤ちゃんうさぎと赤ちゃんジャッカロープを想像して、胸の高鳴りが止まらなくなった。

幸せいっぱいのまま、柴崎はなんとなくベランダへと目を向ける。そして窓ガラスに映った己の顔を見て、ビクンと全身をおののかせた。

（我ながらなんて凶悪な笑顔なんだ。これはヤクザとか言われるのもやむなしか……）

顔を両手で覆って落ち込んでいると、ツンツンと膝を突かれる感触があった。豆餅が帰ってきてくれたらしい。

「どうした豆餅、おまえも退屈なのか？」

自分の周囲を楽しそうにクルクル回る豆餅を眺めているうちに、柴崎はいいことを思いついた。

「そうだ豆餅、一緒に『さくらむーん』へ遊びに行くか？」

『さくらむーん』は店のうさぎと戯れるだけではなく、自分のうさぎを連れて行って遊ばせることもできるのだ。

（確かその場合は予約が必要なんだよな。今日連絡して今日予約ってできるもんなのか）

駄目だったとしても、どうせアルミラを迎えに行くついでに、と思い立っただけなのだ。取り敢えず期待せず連絡してみよう。

さっそく『さくらむーん』に電話をしてみると店長の花村が出た。よそ行きの声で愛想よく話す友人を遮り柴崎は言った。

「俺だよ俺。なあ花村、豆餅連れてそっちへ遊びに行きたいんだけど、今日って予約できるか？」

『おまえなあ、オレオレ詐欺じゃねーんだぞ。当日連絡するなとは言わないが、もっと早く連絡しろっての！』

ぶつぶつ文句を言いながら優しい友人は予約票を確認してくれる。

『ラッキーだったな、三時半なら空いてるぞ』

「行く」とだけ告げて通話を切る。豆餅を連れて行くのにクローゼットからキャリーを持ってきてソファの陰に隠した。

豆餅は移動があまり好きじゃないのでキャリーに入れようとすると嫌がるのだ。しらんぷりをして待っていると、柴崎にかまって貰いたくなった豆餅が近づいてくる。

（よし、確保！）

優しく抱き上げ、豆餅が暴れるまえにキャリーへ入れた。

車に乗って『さくらむーん』へ向かう。

休日とあって道はそこそこ混んでいた。いつものパーキングに停めようと思ったら満車ですこし離れた駐車場へ車を停める。

前日大雪が降ったせいで歩道にも雪が積もっていた。抱えたキャリーを気にしながら徒歩十分程度の道を急ぐ。

予約ぴったりに店に着くと花村が直々に受付してくれた。だからと言って別に嬉しくもなんともない。

「アルミラ君、頑張ってるぞ。おまえ邪魔すんなよ」

「しねーよ」

からかわれていると気付いた柴崎は仏頂面で返事した。

カフェコーナーへ向かうと既に柴崎に気がついていたらしくアルミラがひらひらと手を振ってきた。胸にうさぎマークの刺繍《ししゅう》の入ったエプロンを身につけている。

（イケメンだから何を着ても似合う）

狭いキャリーの中から豆餅を出してやる。だが慣れない場所と移動のせいなのか、なかなか動こうとしなかった。

客との会話を終えたアルミラが柴崎のところへやってくる。

「いらっしゃい、柴崎。豆餅もいっぱい遊んでいってくれ」

エプロンのポケットからアルミラはボールを取り出した。ただのボールではなく、うさぎ用のおもちゃで、乾燥させたパパイヤの茎《くき》でできている。

豆餅に与えてやると鼻でつんと突いたあと思い切り齧り付いた。耳の後ろから背中にかけてアルミラが撫でてやると、豆餅が気持ちよさそうに目を細める。

（こいつの指って綺麗だな）

柴崎の太くてごつい指と違い、アルミラの指は白く整っていて爪の形まで細長い。女の手とは肉付きが違うが綺麗な手なのは確かだった。

「何飲む？」

ふいに顔を覗き込まれ柴崎は思わず仰け反った。驚いただけなのに「顔が怖い」と笑われる。

「コーヒー頼む」

照れ隠しでいつもより低い声になったのに、頷くアルミラの顔はまだ笑っていた。コーヒーを用意するために、そのままバックヤードへと引っ込んだ。

背後で「笑うとめっちゃ可愛い～」と客が話しているのが耳に届く。

「あの店員さん、彼女とかいるのかな」

「そりゃいるでしょ～。あんだけイケメンだもん」

「いいなあ。彼女めっちゃうらやま！」

別に聞きたくて聞いているわけじゃない。盗み聞きのようで申し訳ないと思いながらも、柴崎は顔を顰《しか》めていた。

(ここはうさぎカフェだぞ。うさぎそっちのけで店員ばっかり注目してどうすんだ！)

ドアの開く音がして、コーヒーを手にアルミラが戻ってくる。うさぎを解放するエリアでは飲食できないので近くの席にコーヒーを置いてくれた。

「豆餅のこと見ててやるから冷めないうちに飲んじゃえば？」

「いいのか」

「うん、花村店長に言われたからな」

アルミラは靴を脱ぐと、うさぎの解放スペースへと入ってくる。豆餅がすぐに寄ってきた。ボールを使ってふたりというか二匹が遊び始めるのを尻目に、柴崎はカフェの椅子に座った。

受付にいた花村がカフェのスペースへとやってくる。顔なじみなのか「わーい店長だー」と客たちが喜んだ。

（おいおいおい。イケメンだったら誰でもいいのか、あんたらは！）

わかっている、これは単なる僻《ひが》みだ。コーヒーを啜《すす》りながら柴崎はアルミラへと目を向けた。

豆餅がちいさな前足をアルミラの膝にのせて欠伸をする。ちいさい歯を剥き出しにして歪む顔が、ぶさ可愛くて柴崎は大好きだ。スマホのカメラを起動できなかったのが残念すぎた。

「可愛すぎる。可愛いの暴力か」

コーヒーカップを持つ手をぶるぶる震わせていると、背後に気配を感じた。次の瞬間肩がずしりと重くなる。振り向くと花村が肘をのせていた。はっきり言って鬱陶《うっとう》しい。

「過保護だよなあ、おまえ」

「はあ？」

友人に胡乱な眼差しを向けると、途端《とたん》に嫌そうな顔をされた。

「せっかくのお客様が逃げるからその凶悪面は禁止だ」

「禁止されても、この顔以外持ってねーよ」

ケラケラ笑いながら花村がアルミラを手招きする。豆餅の頭を優しく撫で、アルミラはその場で立ち上がった。

「なんですか？」

「今日はあと三十分したら上がっていいよ。お迎え来ちゃったもんな」

イケメンふたりが黙ってこちらを見る。熱いからちょっとずつ飲んでいたコーヒーをがばっと飲み込んでしまい悶絶した。舌も喉も焼ける。

「ありがとうございます」

アルミラが素直に頭を下げる。柴崎はその顔が気になった。

(俺に向ける笑顔より可愛くないか？　ちょっと恥ずかしそうな感じなのがそう見えるのか？)

花村は妙にうさぎに好かれるたちなので、ジャッカロープのアルミラにもその魅力が効いているのかもしれない。なんだか落ち着かない気分だ。

客に呼ばれアルミラがそちらに向かう。花村も違う客のところへ挨拶しに行った。

アルミラがケージを開けてロップイヤーを抱っこする。彼が初めてこの店に来た時病院へ連れて行くよう指示したうさぎだ。もうすっかり元気らしい。

（イキイキしてるなあ……）

うさぎを抱っこしているアルミラの横顔を見て、柴崎はちいさくため息を吐いた。せっかくのうさぎカフェなのに店員のことばかり注目してしまうのは自分も一緒だった。

アルミラのあがりの時間になり、豆餅と一緒に『さくらむーん』を後にする。乗り込んだ車の助手席で豆餅の入ったキャリーを抱っこするアルミラを見ながら柴崎は言った。

「さすがイケメン、おまえモテモテだったな」

からかうつもりだったのに、本音が漏れてちょっぴり恨みがましい調子になった。アルミラは柴崎を見てニヤリと笑う。

「当たり前だろ。ジャッカロープの俺も村一番のデカさで雌たちを釘付けにしてたからな！　人間になったってそこは一緒だ」

「デカさ？　っておまえ、何がそんな」

赤裸々《せきらら》すぎるアルミラの発言に柴崎はハンドルを握る手が滑りそうになる。

「俺よりデカいのは村長くらいだったぜ。若い奴らのなかじゃ俺の角が一番立派だった」

角、そうか角の話か。ジャッカロープの雄は角の大きさでモテ度が決まるらしい。想像して思わず和んでしまった。

「ところで柴崎は雌にモテないのか？」

「……おまえと違って立派な角がついてないもんでな！」

不貞腐れて呟くとアルミラが助手席でふへへ、と笑った。なんだその気の抜けた笑い声は。ちょうど信号待ちとなり柴崎は隣へ視線を向けた。

「雌にモテないなんて柴崎は可哀想だな〜。つがいの相手ができるまで仕方ないから俺がおまえのことを構ってやる」

さっき花村に向けた笑顔とはまったく違う。溌剌《はつらつ》とした表情と強い瞳の輝きに柴崎はつい見入ってしまった。

背後からクラクションを鳴らされて慌てて車を発進させる。いつのまに青信号に変わっていたのだろう。

アルミラが不思議そうな顔で柴崎の顔を覗き込む。誤魔化すように柴崎は言った。

「モテない俺に優しい気遣いありがとう。お礼に夕飯はおまえの好きなもんにしてやる」

「マジで？　俺、今日は焼きそばがいい！」

キャベツと人参をたっぷり入れた野菜焼きそばはアルミラの好物だ。わかった、と答えるとアルミラは嬉しそうにニコニコした。

「あんまり辛くするなよ」

「わかってるって」

幸い渋滞にも引っかからず、車はスムーズにマンションへと帰還した。

肉が食べられないアルミラ用の肉抜き超薄味野菜ましましタイプと自分用の普通タイプ

の焼きそばを作る。焼きそばに使った人参の切れ端やキャベツは豆餅行きだ。

皆で夕食を食べて落ち着いたところで風呂の準備をする。用意ができたのでアルミラを呼ぼうとして、柴崎はふと気がついた。

（なんかほっぺた赤くねーか？）

アルミラは色が白いから、頬が赤くなるとすぐにわかる。熱でもあるのかと思ったが食欲も普通だし本人も元気そうだ。

近頃は寒くなってきたし、一応気をつけたほうがいいだろう。

「今日バイトで疲れただろ。アルミラが先でいいぞ」

「別に疲れてないけど」

そう言いながらもアルミラは鼻歌混じりで浴室へと向かった。ジャッカロープに入浴の習性があるのかどうか知らないが、人型のアルミラは毎日風呂に入る。

熱い湯が好きな柴崎に対し、アルミラはちょっとぬるめのお湯が好きなのでいつもは先に柴崎が風呂を使うのだ。

（まあ今日はあいつ頑張ってたしな）

別に花村に対抗して労っているわけではない。テレビを見て寛いでいると、アルミラの声が聞こえてきた。

「ん？　風呂場からか」

タオルを忘れたか、シャンプーか石鹸が切れたのだろうか。それともまさか給湯器《きゅうとうき》が壊れたなんてことは——。

柴崎はハッとして風呂場まで走った。もしもアルミラが火傷《やけど》でもしたら大変だ。

「どうしたアルミラ、何かあったのか？」

脱衣所のドアを勢いよく開け放つ。全身びしょ濡れのアルミラが驚いた顔でこちらを見た。抜けるような肌の白さに思わずぎょっとした。

どこからどう見ても男の身体だ。なのに目のやり場に困ってしまう。

「あ、わ、ごめん！　てっきり風呂場にいるとばかり……っ」

慌てて背を向けたが、アルミラの全裸はばっちり脳裏に焼き付いてしまった。一瞬生えていないかと思うほど陰毛が薄いことまで確認済みだ。

「柴崎はなんでそんなに慌ててるんだ？」

「いや、いきなり目の前にいたからちょっとびっくりした」

変に跳ねてしまった心臓を宥《なだ》めながら柴崎は言った。改めてアルミラへ目を向ける。

(うん。やっぱり俺は女が好きだ)

豊満な胸にくびれたウエスト、キュッと持ち上がったヒップの女性のほうがいい。なんとなく柴崎はホッとした。

おい、というアルミラの声で我に返る。

「シャンプーがなくなったから探したけどなかったぞ」

「この洗面台の鏡面が収納になっていて、石鹸でもシャンプーでもここにストックがあるから」

鏡面の奥から取り出した新品のシャンプーを手渡してやる。笑顔で礼を言って受け取るアルミラを見て、落ち着かない気持ちになった。

濡れた髪が額やうなじに張り付いて、睫毛から水滴がぽつりと滴り落ちる。これ以上彼の顔を見ていると、なんだかダメな気がする。伏せた視線の先には白い胸とピンクの突起――彼と出会ったあの日、柴崎が思い切り舐めて吸いまくった乳首だ。寒いのかそこはちいさいのに健気に勃ち上がっている。

意識した途端、激しく心臓が高鳴った。

「どうかしたのか？」

視線に気がついたのか、ふとアルミラが顔を上げた。至近距離、しかも上目遣いで見つめられ、柴崎は思わずたじろいだ。

「あ……」

頭が真っ白になり、続けることばが出てこない。

不思議そうな顔でアルミラが柴崎に触れてくる。その表情は無垢《むく》そのもので、柴崎の心臓がキリッと痛んだ。息が苦しい。

「湯冷めするから早く風呂場に戻れよ」

「うん……？」

　どこか納得していない様子を見せながらも、アルミラは大人しく浴室へと戻って行った。すぐにシャワーの音が響いてくる。

「あっ」

　膝から力が抜ける。咄嗟に洗面台にしがみついた。間一髪で間に合わず、ごつんと額を打ちつける。

「いってぇえ」

　弱々しく呻き、柴崎は力なく目を閉じた。

　まぶたの裏に星が散っている。さっき見たアルミラの裸が消し飛んでくれるように祈ったが、無駄だった。

（俺ってやつは本当に救いがたい……！）

◆
◆
◆

柴崎に渡してもらったシャンプーで髪を洗いながら、アルミラはふうっと息を漏らした。

（のぼせたかな？）

だが今日はまだ湯船に浸かっていない。実はバイトをしている途中から妙に身体が怠かった。ひょっとしてこれが風邪《かぜ》というものなのだろうか。

だが風邪を引いたジャッカロープなどアルミラは見たことがなかった。

（身体がぞくぞくする……）

シャワーを頭から被り、排水溝に流されてゆく泡を眺める。俯くと勝手に視界に入ってくるもの。

アルミラは下腹部の違和感に気がついた。

（え。俺のここってこんな形だったか？）

薄い下生えをかき分けるようにして陰茎が屹立《きつりつ》している。たまに膨らんでいることはあったが、ここまで大きくなっているのは初めて見た。

（あ、意識したせいか余計に……）

ここが生殖器なのは勿論わかっている。だが交尾の相手もいないのにどうして反応しているのだろう。どくんどくんと脈打つ陰茎にアルミラは眉を寄せた。

（なんだよこれ）

いつものように放っておけば落ち着くかと思いきや、疼きはひどくなる一方だ。仕方なくアルミラは己の性器に手を伸ばした。

そこに、恐る恐る触ってみる。あ、と濡れた声が浴室に響いた。尾てい骨から脳天までいかずちが落ちる。止まらない。手も、声も。

「ひ、あぁ、うっ」

混乱しながら、アルミラは泡でぬめる両手で昂《たかぶ》りを慰める。何も考えられなかった。目が眩《くら》むような一瞬が訪れる。

「なん、だ、これ……。小便じゃ、ない?」

指にまとわりついた白濁液をアルミラは眼前にさらして確かめる。青臭い匂いでねっとりしていた。

一瞬乳が下から出てきたのかと思ったが、違うようだ。念のため舌を伸ばして味を確かめる。えぐみと苦味を感じて、舌が痺《しび》れそうだと思った。

「はっ、は、あ」

ぼんやりとした頭で思い出す。今己が出したものは子種――精液だ。それがわかったところで身体の熱は収まらない。出した瞬間は萎《な》えたにも拘わらず陰茎はまた硬く張り詰めていた。

浴槽に背を預け、アルミラはふたたび己を慰める。

「あ、んぅ、んっ」

陰茎を扱くと、くちゅくちゅ、と音が鳴った。

怖い。暑い。熱い。痛い。違う、痛くない。いい。すごく、気持ちいい。ビクビクと腰が勝手に跳ねる。

三度目の絶頂を迎え、指がわないて覚束《おぼつか》ない。飲みこみきれなくなった涎《よだれ》が唇どころか顎を汚しても、もはやそれどころではなかった。

灼熱が全身を苛んでいる。指が震えて動かない。もっと触りたい。猛った陰茎をもっとぐちゃぐちゃに弄りたかった。足りない、これじゃ。もっと気持ちよくなりたい。

力の入らない指でアルミラはボディタオルを掴んだ。

「ふ、あ、ぁあ……」

自分が泣いていることにも気づかず、タオルで震えるペニスを包む。シャコと擦った瞬間目の前に激しい火花が散った。

「ああ！　あああ！」

がくがくと全身をわななかせながら絶叫する。ただでさえ鋭敏になったペニスの一番弱い部分に、それはきつすぎる刺激だった。

歯の根が合わずカチカチ鳴る。剥き出しの先端が哀れなほど真っ赤になった。それなのに手が止められない。

なんでもいいから出したかった。腹の奥がぐずぐずに溶けている。泣きじゃくりながらタオルを使ってペニスを苛めた。

「もぉ、たすけっ……んぅ」

ぴゅる、とあふれた精液が、タオルに染みていく。出たのに手を止めたくなくてそのまま刺激をつづけていると、びくんと全身がおののいた。

「アルミラ、どうした！」

浴室の扉が開き、柴崎が顔を覗かせる。アルミラの様子を見た途端、驚愕の表情を浮かべた。

「あ、は、ああ。やあ、あう」

ペニスの先が熱くなり、勢いよく液体が迸《ほとばし》った。無色透明なので精液ではないが、小便にしては匂いが薄い。だらしなく喘ぎながら頭の片隅でそんなことを思っていた。

「ふ、ぅ」

ようやく液体が止まる。すこしだけ正気に戻って、アルミラは己の下肢を見下ろした。白いタオルがびっしょり濡れて、ペニスの肉色がうっすら透けている。

ぺたぺたと音がしたので見上げると、柴崎がこちらに近寄ってくるところだった。へたりこんだアルミラの正面で膝をつき、目を覗き込んでくる。

「アルミラ……」

どうして柴崎の声は掠れているのだろう。そして彼の声を聞いた途端、下腹にふたたび火が灯った。

「あ、ん、ああ」

タオルで陰茎を擦り悶えるアルミラを見て、柴崎が慌てて止めてきた。

「ば、無茶するなって……！」

陰茎にぺっとり張り付いていたタオルを奪われる。すべてを剥き出しにされて、寒さにぶるっと震えてしまった。

柴崎がうわ、とちいさく呟いた。

「ちんこ真っ赤じゃねーか。なにやってんだよ、痛いだろ」

柴崎に怒られた。普段なら言い返せるのに、今のアルミラにはできない。

ペニスだけじゃなくこころまで剥き出しになってしまったみたいで、ぽろぽろ涙を流してしまった。悲しい、怖い、怒らないで。そう言いたいのに喉が詰まったみたいに声が出なかった。

「だ、って……う」

「ちょ、なんで泣いてんだよっ」

焦った柴崎の顔がいつもより怖くなる。そのせいで涙がますますあふれてきた。濡れるのもかまわず柴崎がアルミラを抱きしめてくれる。

「もう大丈夫だから、そんなに泣くなよ」

顔は怖いのに声は優しい。肩に顔を埋めると「大丈夫、大丈夫」とそっと頭を撫でられた。

「しばさきぃ……」

しゃくり上げながら柴崎を呼ぶ。濡れた前髪をかきあげられ、チュッと額に唇を押し当てられた。

柴崎の首にしがみつく。自分でも知らないうちにアルミラはちいさく喘いでいた。乳首も陰茎もズキズキして痛い。

「なあ、いったいどうしちゃったんだよ。おまえ、何か悪い病気に罹《かか》ってるんじゃないだろうな?」

鈍い頭でノロノロ考える。アルミラは荒い息の合間に囁いた。

「はつじょうき、たぶん……」

柴崎の両目が大きく見開かれる。アルミラはぽてん、と柴崎の肩に頭を預けた。

「今日、店に連れてこられたうさぎが、発情してた」

今日『さくらむーん』には豆餅のほかにも連れてこられたうさぎがいた。そのうさぎが発情していたのだ。フリースペースを片付ける時に排泄物《はいせつぶつ》にも触れた。

ジャッカロープの場合、雌の発情に誘発される形で雄がその気になる。アルミラは三年前に群れから離れた。そのせいで身体はとっくに成熟しているのに、発情期が訪れたことがなかった。

うさぎの発情フェロモンに触れ、脳が錯覚した可能性は否めない。ジャッカロープはうさぎじゃないが、両者には共通している部分もあるのだ。

まともに考えられたのはそこまでだった。身体の奥から込み上げる熱がすぐにアルミラをさらってしまう。

「あつい……柴崎、助けて」

視界がぼやけて柴崎の顔がよく見えない。一生懸命見つめていると彼はぐっと耐えるような顔をした。

立てるか、と訊かれてかぶりを振った。柴崎の腕が伸びてきてしっかりと肩と腰を抱く。

「取り敢えず、場所を移るぞ」

萎えた足でどうにか立ち上がる。ほとんど引きずられるようにして柴崎の寝室へと運ばれた。

濡れた身体のまま、ベッドの上に横たえられる。

「俺……」

息が乱れてまともにことばが喋れない。柴崎はベッドの端に腰掛けて、上からアルミラを見下ろした。髪を撫でられてアルミラは目を閉じる。

「う、あ、くぅ」

原因がわかったところで身体が楽になるわけじゃない。アルミラはシーツの上で切なく尻をもじつかせた。

「つらいか？」

柴崎に訊かれアルミラは何度も首を縦に振った。刺激が欲しくてカクカクと腰を蠢かせていると、いきなりガシッと膝を掴まれた。

そのまま足の付け根が痛むほど大きく膝を広げられる。アルミラは涙目で己の股間を覗き込んだ。昂った陰茎の先っぽ、そのちいさな割れ目がパクパクと物欲しげに開閉する。そのたびに透明な液体がトロトロとあふれてくるのが見えた。

「こんなになってちゃ手で扱くのは無理っぽいな」

柴崎は言いながら割れ目を指で擦った。敏感な粘膜を嬲《なぶ》られてアルミラは掠れた悲鳴を上げる。涙目で柴崎を睨みつけると相手はスッと目を逸らした。まただ。柴崎はアルミラのほうを見てくれない。

「舐めてやるな、ここ」

なに、と言いかけてアルミラは硬直する。濡れた感触に全身がそそけだつようだった。柴崎に陰茎を舐められている。脳みそがとろけるかと思うほど気持ちよかった。十、数えることもできないうちに絶頂が訪れる。

「ひ、ぅ、ああ……」

目の前がチカチカする。熱く湿った口腔内から陰茎を吐き出され、触れた空気がひやりとした。

「参った。思ったほど抵抗がない」

独り言のように呟く柴崎の声が聞こえた。

アルミラは目を閉じて快感の余韻に身をくねらせる。だがすぐに籠ってくる熱に愕然とせずにはいられなかった。

凄まじい快感だったのに、どうして満足できないのだろう。もう嫌だ。どうしたら自分は解放されるのだろう。

柴崎はアルミラの内腿に軽く歯を立て、尻肉を両手で荒っぽく揉みしだいた。

「あう」

尻を掴まれ左右に割られる。身体の奥まった部分に空気が触れアルミラは鳥肌を立てた。口淫の際にこぼれた唾液と先走りが、後孔に伝ってゆく。

「ヒクヒクしてる……」

柴崎は呟くとアルミラの陰茎をふたたび咥える。気持ちいいが、同じくらいピリピリした。これ以上無理をすると快感より痛みが勝りそうだ。

柴崎もそれを察したのか、ずるっとペニスを吐き出した。

「ちんこ、痛そうだな」

柴崎のことばに頷くと、目尻から涙がひと粒滑り落ちた。いきなり尻の穴を撫でられてアルミラは閉じていた目を開く。

　こちらをじっと見つめながら柴崎は何度も唾を飲み込んだ。

「ちんこでイケなくても、男はこっちでもイケるそうだ。前立腺ってのがあってな……俺も知識でしか知らないんだが」

　こっち、と言いながら柴崎は肛門に浅く指を挿し入れた。アルミラは濡れた目で柴崎をじっと見上げ、されるがままだ。二度三度抜き差しされ、くちくちと音が鳴った。

　柴崎がハアっと熱っぽい息を吐き出す。指がさらに奥まで入ってきた。

「いいか？」

　何を訊かれているのかわからないのに、アルミラはこくんと頷いた。頭のてっぺんにキスをして、柴崎が一度離れてゆく。

　ベッドの下から赤いビニール袋を取り出し柴崎は雑に中身をシーツの上に落とした。丸い卵のようなものとピンク色のボトルが出てくる。

「まさか忘年会で当たった景品が役に立つとは」

　複雑そうな顔で呟いて柴崎はボトルを手に取った。新品だったようで封を破りキャップを外す。

　ボトルを傾け中身の液体を手に取ると柴崎は両手でそれをくちゃくちゃと温めた。かなり粘度の高い液体のようだ。

「あっ」

ぬるぬるする左手がアルミラのペニスを掴むのと同時に、右手が後孔をゆっくりなぞる。クリクリと掌で先端を撫でられてアルミラは声を放った。その瞬間、ぬぷっと奥に指が入ってくる。

「あ、ひっ、ああ」

痛みは皆無で異物感だけがある。ペニスを扱くのと同じスピードで後ろに入った指を抜き差しされた。

「ふあ、あ、んんっ」

だらしなく喘ぎアルミラはベッドの上で身悶えた。指一本ではすぐに物足りなくなって「もっと」と強請る。

（前も後ろもぐちゅぐちゅで気持ちいい）

目を開けると柴崎がギラギラした目でアルミラのことを見つめている。その凶悪な表情に背筋が痺れた。

（柴崎、俺のこと食べたいの？　俺、柴崎に食べられちゃうの？）

豆餅のこともアルミラのことも、柴崎はいつも可愛がり慈《いつく》しんでくれた。もしかして自分は騙されていたのだろうか。

指が抜かれて安堵するのと同じくらい落胆する。柴崎はふたたびローションを手に取ると今度は三本の指を挿入してきた。

「う、あ」

ピリ、と引きつるような痛みに襲われアルミラは呻いた。きついな、と呟いた柴崎はあやすように陰茎を撫で、乳首を口に含んだ。

「や、めっ、アア」

三ヶ所を同時に責められ混乱する。どこが気持ちいいのかわからない。たぶん全部気持ちよかった。

きついと思った筈の後孔でさえトロけてしまいそうだった。

「ひ、あああ！」

背が弓なりにしなる。絶頂はもうすぐそこに見えていた。達く、とアルミラが思った刹那《せつな》、いきなりすべての愛撫が止まった。

（え？）

呆然とするアルミラの傍で柴崎が股間を押さえて呻いている。

「いっ、ってえ」

見れば硬いジーンズの生地を押し上げるようにして、股間の部分が膨らんでいた。ただでさえ速くなっている鼓動がますます乱れる。

柴崎はアルミラの視線に気がつくと、しどろもどろになって言い訳した。

「アルミラ、ちがっ、コレは違うんだ。悪い、俺本当に……っ」

正直なところアルミラはほとんど聞いていなかった。どくどく、と脈打つ心臓の音がうるさくて柴崎の声が届かない。

（おまえのそれ、俺のせいだよな？）

口のなかに唾液があふれてくる。手の甲で唇を拭いながらアルミラはベッドから身を起こした。蹲《うずくま》る柴崎の背中を後ろから抱き締める。

「きついだろそれ。出せば？」

耳元で囁く声は完全に上擦っている。柴崎はこちらを見て何か言いたげに唇を開いたが
ふっと目を逸らしジーンズのファスナーを下ろした。

下着ごと腿のあたりまでジーンズを下げると猛り狂った雄身がぶるん、と目の前に現れる。アルミラは深く息を吸い込んだ。

「ふぁ、あ」

汗で蒸れた雄臭い匂いに腹の奥がズキズキする。アルミラは柴崎に正面を向かせて抱きつくと、互いの股間を擦り合わせた。

逞しい腕がアルミラをゆっくりベッドに押し倒す。

足を開き柴崎のスペースを作ってやった。胸と胸がくっつくまで首にしがみついて引き寄せる。腰を捩ると互いの性器がぶつかった。

「あ、あぁ、あっ」

互いに夢中で腰を蠢かす。次第に柴崎の動きが激しくなり、遂には低く呻くと、ぶるりと全身を震わせた。柴崎の吐き出したもので、アルミラの腹から胸にかけて濡れそぼる。柴崎の匂いが強くなり、アルミラは陶然と息を吸い込んだ。掌を使って柴崎の吐き出したものを己の昂りへ塗りつける。

たった今出したばかりだというのに柴崎のペニスがびくんとしなった。アルミラはうつ伏せになると己の尻を柴崎へと向ける。ゴクリ、と背後から柴崎が喉を鳴らす音が聞こえた。

精液で濡れた指で後孔を撫でる。まだ綻んでいるそこは簡単に指を飲み込んでしまう。ヤクザの組長の屋敷で雄同士が交尾するのを見た。柴崎のものを受け入れることを想像し、アルミラはかぶりを振った。

「……おまえが嫌なら止めておく」

アルミラの髪を撫でながら柴崎は囁いた。嫌なのだろうか。考えて嫌だと素直にアルミラは思う。柴崎以外の雄だったら絶対に嫌だ。

でもきっと、彼なら平気だ。柴崎ならアルミラを傷つけたり損ねたりしない。

肩越しに柴崎の目を見つめながらアルミラは言った。

「次はここに出せよ」

もっと柴崎の匂いをつけて欲しい。腰骨を痛いくらい強く掴まれ、引き寄せられた。

「う、ぁ」

柴崎のペニスの先端が、会陰から後孔にかけてぬるぬると引っかかる。焦れったさにアルミラは尻をくねらせた。目と目が合う。

「もぉ……っ」

ぬる、と先端が潜り込む。がく、と首が落ち、アルミラはシーツに額を擦りつけた。

無言のまま、柴崎がゆっくり腰を押し進める。

「う、あ、ああ」

息ができない。苦しい。結合部はこれ以上ないほど広がって、皮膚が透けそうなほどぴんと張り詰めている。

（柴崎の、匂い、いっぱい）

隘路《あいろ》をかきわけ深く剛直を埋め込まれる。発情で狂った頭は苦痛さえ快感に変換するのか、アルミラは喘ぎ身を捩らせた。

「は、あ、あっ」

焦れったくて頭をかきむしりたくなるほど、ゆっくりゆっくりと引き抜かれる。同じくらいの速度でふたたび挿入され、アルミラはちいさく啜り泣いた。

柴崎もつらいのか全身から汗が噴き出している。滴り落ちた汗が、ぽたぽたと背中に落ちてきた。

　遠慮のない手が尻を掴み好き勝手に弄ぶ。

「ん、あ、あっ」

「気持ち、よさそうだな」

　笑いの含んだ声が鼓膜を揺する。返事の代わりに腹に力を込めると、男の低い呻きが裸の肩を掠めた。

　してやったりと笑っていると、逞しい両腕によって身体を引き起こされた。互いの背中と胸が密着し、体温が溶け合う。

「や、あ、ああっ」

　自重で挿入が深くなる。胸の先がしこって重たかった。どうにかして欲しくてアルミラは強請る。

「しばさき、おっぱい、して」

　望みどおり乳首を摘まれ背骨に戦慄《せんりつ》が走った。一番奥まで挿入したまま、大きく中をかき混ぜられる。噴き出す母乳に喘ぐ口腔内を熱い舌でまさぐられ、目の前が真っ白に染まった。

「くっ」

　柴崎が低く呻く。アルミラはあっと鋭い声を上げた。いきなり激しい律動が始まって置

いてきぼりにされる。

腹の奥から押し出されるように精液はペニスの先からあふれだす。射精の快感と違って一瞬で終わらない。手も足も脱力しているのに最奥だけがビクビクと狂ったようにざわめいた。

「あ、ああ、アアア」

アルミラに詫びるように、耳や首筋、頬に口づけが降ってきた。上り詰めたまま下りられず、新しい絶頂がやってくる。

過ぎた快感に怖くなって泣くとあふれた涙を優しく吸われた。

「――」

もう何度目かわからない絶頂が訪れる。最後に大きく抜き差しして、柴崎は乱暴に自身を引き抜いた。

柴崎の声が遠い。身体の奥に濡れた感触を覚えながら、アルミラは意識を手放した。

身体が水を吸った綿のようにずっしりと重い。

身じろぎしようとしてアルミラは激しく咳き込んだ。温かく乾いた手が優しく背中をさすってくれる。

肩越しに振り向くと柴崎と目が合った。

「大丈夫か？」

どこか怒ったような顔で訊かれ、アルミラは頷いた。額にキスをされ髪を撫でられる。

「喉渇いただろ。ちょっと待ってろ」

部屋から出て行きペットボトルを片手に戻ってくる。キャップを外してから柴崎はそれをアルミラに手渡した。

よく冷えた水が喉を潤してくれる。ほう、と息を吐き出して身体が楽になっていることに気がついた。

腰が怠くて尻の奥がズキズキするが、それでもずいぶんマシだった。

こちらの様子をじっと窺っている柴崎を見て、彼に心配かけてしまったことを思い知る。

アルミラは自分の身体を見下ろした。肌はすっかり拭われたようで綺麗になっている。

「柴崎、ありがとう」

「いや別に……俺こそありがとうというかごめんなさいというか……」

もごもご言っている柴崎の頬をアルミラは両手で挟んだ。いつもの怖い顔がこうするとちょっと面白くなる。自然と突き出た唇をつい見つめてしまった。

「アルミラ……？」

名を呼ばれハッとする。ごくごくと手の中のペットボトルをさらに呷り、アルミラは誤魔化した。

キスをしたかったが、キスは恋人同士じゃないとできないらしい。さっきアルミラと柴崎は交尾をしたが、あくまでアルミラの発情を抑えるためだ。

柴崎とアルミラは恋人じゃない。

そう思った瞬間なんだか胸がモヤモヤした。だが何故モヤモヤするのか理由がわからない。ひとりで考えてみたほうがいいだろうか。

「もうそろそろ寝るだろ。俺、ソファに行くから」

アルミラはベッドから降りようとした。だが柴崎に腕を掴まれベッドに戻される。

「今日はここで寝てくれ」

「なんでだよ?」

「……ソファで寝るってことはジャッカロープになるんだろ」

そのとおりだ、と頷くと柴崎は顔を両手で覆った。声がくぐもっていてよくわからなかったが「俺のバカ!」とか「居た堪れない」とか言っているのがかろうじて聞き取れた。

とりあえずベッドで寝ていいらしいので、大人しく横になる。実を言うと身体が怠くてソファまで移動するのもジャッカロープに戻るのも面倒だった。

(ねむい)

今すぐ寝てしまいそうだ。そう思いながらアルミラは傍にいる柴崎を見て驚いた。豆餅やジャッカロープになったアルミラを見ている時より、もっと甘い顔をしている。

「柴崎は寝ないのか？」

「俺も寝るよ」

柴崎は開け放った扉の向こうへ目をやった。ソファの背が見えて、アルミラは彼の手首を掴んだ。

「じゃあ早く来いって」

壁際に寄り空いたスペースをぽんぽんと叩く。ソファとアルミラを交互に見たあと、柴崎はふうとため息を吐いた。

「男ふたりがセミダブルで眠るのはキツイと思うぞ」

「ソファで寝るよりマシだろ」

観念した様子で柴崎がベッドに入ってくる。アルミラが笑顔で抱きつくと、彼は困った顔で苦笑した。

柴崎の言うとおり、並んで寝ようとするとあまり余裕がない。落ちないようにアルミラは柴崎にぎゅっと抱きついた。

身体は死ぬほど疲れていて眠気もしっかり感じるのに、頭が冴えて眠れない。柴崎の胸に顔を埋めグリグリしていると、身じろぎできないように抱きしめられた。笑ったことでさらに眠気が飛んでしまう。

「俺の故郷はサウスダコタにあるんだ。それがある日ヤクザに捕まってここまで連れてこられた」

何故か、自分のことを柴崎に知って欲しいと思った。柴崎はちゃんと聞いているよ、とでも言うようにぽんぽんと背中を叩いてくれる。

やくざの屋敷で起きたこと、そこから逃げて山に隠れ住んだこと、いつかは故郷に戻るつもりでいること、思いつくまま話した。

満足して口を閉ざすと壁越しに隣の部屋の微かな物音が聞こえてきた。ずいぶん帰宅が遅かったようで、何か洗い物をしているようだ。

さっきどこかへ逃げてしまった眠気がふたたび戻ってくる。アルミラは瞼を閉じた。

「故郷に帰りたいか？」

そうだな、と頷いたつもりだったが、半分眠っていたので答えられたかどうかはわからない。帰りたいか。胸の中でアルミラは自身へ問いかける。

ずっと故郷に帰りたかった。群れに戻れるなら、なんでもしてやると思っていた。故郷こそが自分の居場所だと思っていたからだ。

だが――。

かつてあれほど焦がれたあの土地が、何故なのか今は遠かった。

（だってここはあったかい）

ぬくもりに包まれてアルミラはこれ以上なく満たされていた。故郷以上に恋しいものがあるなんて考えたこともなかった。

「いつか故郷に連れて行ってやるからな」

おまえも早く寝ろ、と言いたかったが優しい声を聞きながらアルミラは夢の中へ落ちていった。

6

昨日アルミラとセックスした。

柴崎はコンビニで買った豚ロース生姜焼《しょうがや》き弁当をデスクに広げたまま頭を抱える。

そんなつもりじゃなかった――それは紛うことなき正直な気持ちであったが、言い訳にもならない。百も承知だ。

とにかく発情したアルミラは凄かった。エロかった。男に興味ないとか女が好きとか、そんなちゃちな問題ではない。

(しかも……めちゃくちゃ悦かったなんて……うううう)

高三の時にした初エッチより、結婚を考えていた相性抜群だった彼女とのセックスよりアルミラと致したのが一番悦かった。というかアルミラがよかった。

自分は性的に淡白なほうだと思っていた。数は少ないものの歴代彼女たちもきっと同じ意見だろう。

だが昨日の柴崎は違った。精力的にアルミラを抱き潰し、それでもまだ足りなかった。

まだまだまだまだ足りなかった。

柴崎はハッと気がついた。

（そうか、あいつのおっぱいか！）

不能だった男を復活させる代物《しろもの》なのだ。健康な柴崎が暴走しかけたのも当然だろう。

（あいつ、めちゃくちゃ普通だったな）

アルミラと同じベッドで眠りにつき、同じベッドで目が覚めた。上機嫌でも不機嫌でもなく、照れることも開き直ることもなく。ただただいつもと変わりなかった。

まさか絶頂の連続で記憶をなくしているのか、そんなことまで考えたがアルミラはちゃんと覚えていた。

「なんかわけわかんなくなるし、とにかく凄かったんだけど……柴崎って、上手いの？」

朝食の納豆ご飯を食べながら、笑顔で訊ねられたので間違いない。上手いって何がだ。ナニがだ。豚ロース生姜焼きにぐさっと割り箸を突き刺して、柴崎は眉間を揉みほぐした。

（ジャッカロープと人間では貞操観念が違うのかもしれないな……。こうやってぐだぐだ思い悩んでいる俺がアホなのか？）

初エッチ後の朝だったのだ。いってらっしゃいのキスをして欲しいとまでは言わないが「早く帰ってきてね」とか「大好き」とか「柴崎抱いて」とかそういうイベント的なものを期待したって許されるのではないだろうか。

（俺ばっかムラムラ……じゃなくて、あいつにドキドキしてる）

生姜焼きを口に放り込み柴崎はアルミラの顔を思い出した。イケメンなのは当然として今朝の彼はなんというか、けしからんほど色っぽかった。

ぷるぷるの唇、宝石のような瞳に形のいい尻、適度に筋肉のついた胸の先にはピンクの乳首。

（はー、抱き締めてキスしたかった……）

それなのに柴崎への態度は通常通りだったので、どうしたらいいのかわからない。

有り体に言えば柴崎はアルミラと恋人になりたいのだ。しかし発情を終えたアルミラを前にとっかかりがない。

ストレートに付き合ってくれ、と言えばいいのかもしれないが、相手はジャッカロープだ。どんな恋愛観を持っているのかも不明である。

（同性どころか種族まで違うなんて禁断の愛すぎる）

そんな簡単に告白できるわけがない。顔のわりに柴崎は奥手だし経験値も足りなかった。

それにもしも振られてしまった場合、アルミラは柴崎の家に居てくれるだろうか。

（こんなことならちゃんと女性と付き合ったほうがいいのかもな）

このまま悶々と過ごしアルミラの信頼を裏切ったり、彼を傷つけるようなことがあったら嫌だ。

（まあ、そんな簡単に彼女ができたら苦労しねーよ）

食べ終わった弁当の空容器を片付けていると、同じ課員の飯野《いいの》がデスクに近寄ってきた。

「柴崎係長、ちょっといいすか」

「おう、どうした」

飯野は珍しく柴崎を慕ってくれている部下だ。腫れぼったい一重まぶたと高すぎる頬骨、体格もよく言えばがっしりしており、悪く言えばずんぐりしている。飯野は己の容姿にコンプレックスを抱いており、顔が怖いと評判の柴崎に親近感を抱いてくれているらしかった。

数少ない懐いてくれる部下なので柴崎も飯野のことを可愛がっている。場所を変え、自動販売機の並ぶ廊下に出る。

「改まってどうした？」

缶コーヒーを二本購入し、そのうち一本を飯野に渡す。ごちです、と嬉しそうに受け取ると、飯野は声を潜めて切り出した。

「実は俺、ずっと福祉課の宮川綾香《みやがわあやか》さんのことが気になってて……」

「そ、そうか」

意外な話題に柴崎は目を見開いた。へへ、と照れくさそうに飯野が笑う。福祉課の宮川は面長で涼しい目元が印象的な女性だ。

部下の恋心に和みつつも、柴崎は内心首を傾げた。何故わざわざ自分のような男に打ち明けたのだろうか。もっとモテそうな男がいくらでも周りにいる。

「あのですね、この件につきまして係長にお願いがあるんです」

「アドバイスなら無理だぞ?」

飯野は違います、と首を左右に振った。ますます何故自分に話を持ってきたかわからない。宮川は保健福祉課で、総務企画課の柴崎は紹介しようにも伝手《つて》がない。

「あの、係長って最近小島莉乃ちゃんといい感じじゃないですか。莉乃ちゃん綾香さんと仲がいいんですよね。そこで、俺と係長と莉乃ちゃんと綾香さん四人で飲みに行きませんか?」

「俺が小島と仲がいいって? 仕事で二、三度同行しただけで別に親しいわけじゃ……」

「ええー、でも莉乃ちゃんは絶対に柴崎係長のこと気にしてますよ。とにかく、この通り助けると思ってお願いします!」

缶コーヒーをぐびっと飲み柴崎は困惑する。

自分が誘ってパワハラやセクハラにならないだろうか。可愛い部下の頼みを無下《むげ》にはできないが悩ましい。

「誘うとして日程はどうするつもりなんだ?」

「えーと、できれば来週の月曜日で」

柴崎はスマホを取り出し日付を確認した。十二月二十四日。呆れた視線を飯野へ向けると相手は開き直った様子で笑ってみせた。

「おまえなあ、クリスマスイブに誘うって……いくらなんでもハードル高すぎだろ」

「一応俺のリサーチでは、莉乃ちゃんも綾香さんもフリーの筈なんです。逆にいけると思うんですよね」

「いやいやいやいやいや」

かぶりを振る柴崎に飯野が遠慮がちに訊ねてくる。

「……ひょっとして、課長はイブにお誘いする相手が既にいるとか？」

「いや、そういった相手は残念ながらいない」

即答して我ながら虚《むな》しくなる。飯野はあからさまにほっとしてみせた。ムッとしながら柴崎はつづけた。

「だいたい俺のような男に頼むのがなあ……。どうせなら有原《ありはら》のような奴に頼んだほうが年も近いし盛り上がるんじゃないのか？」

有原とは飯野と同期のモテ男だ。有原の名前を出した途端飯野は顔を歪めた。

「有原なんかに頼んだら、女の子皆持ってかれちゃいますよ。イケメン爆発しろ！」

それでも渋っているとお願いします、と拝まれる。最終的に柴崎は折れることにした。

「まあ誘うだけなら誘ってみるが、成果を期待されても困るぞ」

スキップしそうな勢いで去ってゆく飯野とは逆に柴崎はひたすら気が重い。だが、と敢えて前向きに考えることにした。

これでアルミラのことばかり考えずにすむのではないだろうか。小島とどうこうなろうだなんて夢にも思わないが、多少は気が紛れる筈だ。

午後は市政に対する中央区民の相談に対応しつつ、公報誌に載せる記事をチェックする。年末は中央区主催のイベントも多くなかなかに忙しい。

あっというまに定時になり、課員の多くは退勤しだした。小島と話をするなら今だろうと、柴崎は自席から立ち上がった。

「小島さん」

帰り支度をしている小島を呼び止めると、柴崎を認め「はい」と小首を傾げる。彼女の大きな瞳と綺麗にカールした睫毛を見て、柴崎は急に緊張してきた。

「そのな……実は飯野の奴が福祉課の宮川さんのことが気になっているそうなんだ。小島さんは宮川さんと親しいと聞いて協力して貰えないかと……」

話しているだけなのに背中にびっしょり汗をかく。こんなこと軽率に引き受けるべきではなかったと柴崎は今更のように後悔した。

小島は特に嫌な顔をせず訊ねてきた。

「協力って、いったいどうすればいいんですか?」

きた、と柴崎は視線を己の爪先に落とす。気まずい思いに耐えながら柴崎は重たい口を開いた。

「無理だったら断ってくれていいんだ」

「はい」

意を決し柴崎は小島に告げた。

「イブの夜、俺と飯野と小島さんと宮川さんで飲みに行かないか？」

「いいですよ」

あっさりと了承され柴崎は本気で驚いた。てっきり予定がある、と断られると思っていたのだ。

「待ってくれ小島さん。イブの日なんだぞ本当にいいのか？　これから予定が入るかも知れないし、よく考えたほうが……」

「係長は私に断って欲しいんですか？」

笑いながら小島に言われ、いやと柴崎は頭をかいた。

「その日は綾香とふたりで女子会をするつもりだったんで、本当に大丈夫です。あ、でも綾香が断るようだったらこの話はなしということで、いいですか？」

「勿論だ。宮川さんにくれぐれも無理しないよう伝えて欲しい」

連絡を取る必要があると、小島のほうからＬＩＮＥの交換を申し出てくれた。

退勤する小島を見送ってから柴崎はアルミラのことを思い出していた。今年のイブは祝日だからアルミラは『さくらむーん』でのバイトが入っている。

(確か遅番だった筈だから帰るのは八時くらいになるか。いつもなら迎えに行くところだが……)

念のためタクシーで帰宅させたほうがいいだろうか。とはいえアルミラはか弱い女の子とは正反対の存在だ。柴崎がひとりで勝手に心配しているだけである。

(そういやアルミラはクリスマスとか知ってるんだろうか)

柴崎が話題にしないため、アルミラとクリスマスについて語り合ったことはない。人間のイベントなど彼はあまり気にしなさそうだとも思う。

(それでもケーキくらいは買って帰ろうかな)

その日の夜、小島からメッセージが届いた。宮川から了承を得たとのことで、これで飲み会は本決まりになった。

去年までの柴崎なら、イブの日に予定が入っているなんて、大いに喜んだだろう。

(宮川さんのことはあまり知らないが、飯野はいい奴だし、小島さんは可愛いし、楽しい飲み会になりそうじゃないか)

まるで自分を慰めるように思う。本当はプレゼントもツリーもシャンパンもなくていいから、ただアルミラと一緒に過ごしたい。

なんだか面倒なことになってしまった。何事もありませんように、と柴崎はサンタに祈りたい気持ちだった。


「なあ柴崎、これ行きたい」

金曜日の夜、夕食のあとまったり寛いでいると突然アルミラがそう言い出した。テレビの画面には大戸公園で開催中のクリスマス市の様子が映っている。薩穂市と姉妹都市であるミュンヘン市にならって開催したのが始まりで、今年でもう十七回目になる。

クリスマスキャンドルやオーナメントなどのグッズ、ドイツビールや、ソーセージ、スイーツのほか薩穂市の名物など三十店以上の露店が並ぶ、来場者数百三十万人を超えるイベントだ。

「そういえば、見かけただけで俺も行ったことはないな」

閉店は夜の九時、今は七時四十五分。車で行けばあと一時間ほどは回れるだろうか。アルミラ用に買ってやったもこもこのダウンを着せて自分は厚手のセーターにロングコート、マフラーを着込む。

車に乗って大戸公園まで向かうと、十分足らずで到着した。クリスマス前最後の金曜日とあって、ラストオーダー間近だというのに多くの人でごった返していた。

「なあ柴崎、あれ飲みたい！」

イルミネーションよりキラキラした目でアルミラが指差すのはアップルシナモンホットチョコレートだ。

財布を渡すとアルミラはニコニコしながら自分で注文した。温かいホットチョコレートを啜りながら肩を並べてあちこち見て回る。

カップを持つ白い指先が赤く染まっているのを見て、柴崎は自分の手袋を脱いで渡した。

「寒そうだな。これもしておけ」

「柴崎はいいのか？」

「俺はさっきまでしてたからあったまっているからな」

半分残っているカップをこちらに押し付けてアルミラが嬉しそうに手袋を身につける。ひょっとしてずっと寒かったのだろうか。もっと早く手袋を渡してやればよかったかと柴崎は反省する。

「へへ、柴崎の」

雑踏《ざっとう》のざわめきに紛れそうなほど小声で、アルミラがぼそっと呟いた。柴崎の手袋をじっと眺める横顔が信じられないほど綺麗だった。

ふとアルミラを無性に抱きしめたくなって柴崎はかじかむ指をぎゅっときつく握りしめ

た。

「それ、飽きたから全部飲んでいいぞ」

アルミラが柴崎の持つカップを見て悪戯《いたずら》っぽく笑う。遠慮なく口を付けてみると喉が焼けそうな甘さで思わず顔を顰めた。

よほどその顔がおかしかったのかアルミラが声をあげて笑う。文句を言おうと口を開くが彼の視線は既に違う場所へと向けられていた。

「あ！　見ろよ、柴崎」

今度はなんだと出店を見れば、アルミラが眺めていたのは大小様々なスノードームが並んでいる店だった。

「ここに置いてあるものすべてスノードームを初めて作ったメーカーのもので、中に入っているのはアルプスの水なんですよ」

「へえ」

店員のことばに頷く柴崎の横でアルミラは矯めつ眇めつスノードームを眺めている。最終的にお菓子の家が入っているものと、もみの木の横にうさぎが寝そべっているものとで迷いだした。

「こっちにしよう」

うさぎのほうを指さすとアルミラは素直に頷いたので、柴崎は財布を取り出し支払いをした。選んだスノードームを梱包してもらい探索に戻る。

よほど気に入ったのか、アルミラは受け取った紙袋を歩きながら覗き込んだ。

「おい、よそ見してると転ぶぞ」

言った瞬間、凍った地面に足を滑らせたアルミラがバランスを崩す。咄嗟にその腕を掴み支えてやった。背後から抱き止める格好になり、仰け反るアルミラと視線がぶつかる。

「ありがとう」

緑がかった美しい虹彩に、己の凶悪な顔が映っているのを柴崎は息を飲んで見つめた。複雑な瞳の色をもっと見つめたくて思わず覗き込むと、アルミラがふっと瞼を閉じる。唇が触れ合いそうになって柴崎は唐突に我に返った。

完全に無意識だった。アルミラにキスしようとしていたことに気づく。

「わ、悪いっ」

背後からきた通行人が立ち止まったふたりを邪魔そうに避けて行く。柴崎は盛大に赤面しつつアルミラの手を引き道の脇に退いた。

「うわー、こぼれちゃったな」

アルミラに言われて手元を確かめると、ホットチョコレートが思い切り袖口にかかっている。不幸中の幸いで、かなり冷めていたおかげで火傷はしなかった。

「おまえはかからなかったか?」

コートのポケットからハンカチを取り出し、汚れた袖口を叩きながらアルミラに訊ねる。

大丈夫、と彼が答えた。

柴崎は地面へ視線を向けた。積雪が多くの通行人に踏みしだかれ、圧雪アイスバーン状態になっている。これでは確かに滑るだろう。

「もうちょっと回ったら帰ろう」

顔を上げると大戸公園内にある、さつほテレビ塔の電光時計が目に入った。高さ約百五十メートルの電波塔は一応日本夜景遺産に認定されている。

時刻は八時四十五分。各ショップとも、まもなく閉店の時間だ。

ホットワインや、牛肉を使ったシュニッツェル、ろうそくの炎が揺れるガラス製のキャンドルホルダーを横目に歩き、ようやく『クリスマス市』の看板が見えてきた。ここまでくれば駐車場までは信号を渡ってすぐだ。

ずいぶん着込んできたとはいえ氷点下に近い中を歩き回ったので、アルミラの頬も尖った鼻梁の先も真っ赤に染まっている。

「うわ、つるつる」

人の出入りが取り分け多い場所のためか、乏しい照明の下でも道が磨かれてテカテカなのがわかった。まるでスケートリンクのようだ。

おっかなびっくり進むアルミラの横を、地元民らしい男たち数人がさっさと抜いて行った。

「あ！」

最後のひとりが思い切りアルミラの肩にあたる。スノードームを落とさないよう、咄嗟に胸に抱きしめてアルミラは地面に尻餅をついた。

「いってえ」

痛みに呻くアルミラを見て、柴崎は慌てて駆け寄った。男のひとりがイケメンざまぁ、と笑うのがはっきりと聞こえた。

アルミラの腕を取って引き起こしながら、ぶつかった男を睨みつける。

現れた柴崎を見て、さっきまで笑っていた男たちが一斉に押し黙った。

「――おい」

柴崎はアルミラにぶつかった男をじっと見つめたまま言った。

「あんた、こいつに何か言うことがあるんじゃないか？」

男は哀れなほど怯えるとポケットから千円札を数枚取り出して柴崎に差しだした。

「すすす、すみませんでした！　あ、あのこれ、クリーニング代に……」

その指が震えているのを見て柴崎は思わず溜息を吐いた。

「いらねーよ」

もう一度すみませんでした、と泣きそうな声で叫び男たちは一斉に車道へと駆け出した。

信号は既に赤に変わっていたため、盛大にクラクションを鳴らされる。

アルミラは柴崎と男たちのやりとりを見て、ぽかんとしていたが、やがて「ぶはっ」と吹きだした。

「あ、あいつらの顔！　やっぱり柴崎の顔って便利だな。おまえ絶対にヤクザだと思われてたぞ」

「実は心臓がドキドキしてたけどな」

柴崎のことばにアルミラはちょっと小首を傾げると、コートのボタンをひとつ外しその隙間から指を差し入れた。それから拍動を確かめるように左胸に掌を押し当てる。

「……本当だ」

長い睫毛を伏せてアルミラが囁いた。いつの間にか降り出した粉雪がその睫毛の先にそっと積もる。

惚けたように柴崎がそれを眺めていると、アルミラはまっすぐ柴崎を見た。目線の高さはほとんど変わらない。焦点がぼけるほど彼の顔が近づいたかと思うと、すぐに離れていった。

触れ合った互いの唇は冷えていて、ぬくもりを残さない。

「ドラマみたいでさっきの柴崎格好良かった。……ちょっとだけだけどな！」

信号が赤から青に変わり、アルミラが先に歩きだす。そのあとを柴崎は慌てて追いかけた。凍えるほど寒い筈なのに、頬が火照って仕方がなかった。

仕事に追われているうちに気がつけばクリスマスイブ当日。

一緒に朝食を食べて午後の出勤に間に合うように『さくらむーん』へ送り届ける。

(飲み会までまだ時間があるな)

どこかでアルミラへのプレゼントでも購入しようかと思ったがデパートのパーキングは二時間待ち、どこの駐車場も満車だった。

諦めて家路につく。部屋へ戻った柴崎は、アルミラのためにキャベツのシチューを作った。豆餅にも余ったキャベツをおやつとして与えてやる。

(小島たちにもプレゼントとか、一応買ったほうがいいのか)

誘ったのに手ぶらもまずいだろうと、待ち合わせの時間より早めに出ることにした。一応よそゆきの服に着替え地下鉄で目的地へと向かう。

(付き合ってもいない女性にプレゼントって……何を渡したらいいんだ?)

薩穂駅地下街を歩きながら柴崎は焦っていた。

あまり本格的なものを渡してドン引きされるのもつらい。時間ばかりがどんどん過ぎてゆく。

デパートの入り口を見つけ、柴崎はそこに向かった。

（おっ、これアルミラに似合いそうだな）

ディスプレイに飾られていた白いセーターについ足を止める。男物も女物も取り扱っている有名ブランドだ。ここなら男の柴崎でも入店しやすい。

アルミラに似合うと思ったカシミアのセーターは、うっとりするような肌触りだった。このセーターをアルミラに着せて抱きしめたら気持ちよさそうだ。

値札を確認するとそれなりの値段だったが、ボーナスが入ったばかりで懐《ふところ》は潤っている。

（クリスマスだし、たまにはな？）

どうせなら、と同じショップでハンカチを三枚購入する。すべてプレゼント用に包んで貰ったがさすが休日のイブだけあってラッピング待ちでかなり時間を食ってしまった。

（なんかアルミラのプレゼントを買うついでに、小島たちへのプレゼントを選んじまったな……）

上司から部下への心付けだ。こんなものでも十分だろう。

待ち合わせの時間十分前に到着すると、既に宮川と小島が待っていて柴崎はふたりに合図した。

小島は女性らしい小型のバッグの他に大きなショップバッグを持っている。待ち合わせ前に宮川と買い物でもしてきたのだろうか。

「ふたりとも早いな。今日は来てくれてありがとう」

小島がぺこり、と会釈する横で宮川はにっこり笑ってみせた。

「いえいえ、女ふたりで暇していたのでお招きくださって嬉しいです」

「今日はおごりだから好きなものジャンジャン頼んで」

「やったー！」

素直に喜ぶ宮川の隣で小島が「え、えっ」と戸惑うような声を上げる。

「係長、いいんですか？」

「こっちが誘ったんだし、どうか遠慮しないでくれ」

そんな会話をしているあいだにも待ち合わせの時間は容赦なく近づいてくる。柴崎は祈るように思った。

(飯野め……絶対に遅刻するなよ)

時間ギリギリになってやっと飯野が現れる。出がけに宅急便が、と挨拶もそこそこに言い訳をするので無言で頭を叩いてやった。

四人で会話をしながら飯野が予約しておいた居酒屋へ向かう。

「へえ、お洒落《しゃれ》なお店ですね」

宮川が感心した様子で呟いたとおり居酒屋というよりバルと呼びたくなる店だった。

案内された席に腰を下ろしながら飯野が「予約マジで大変だったんすよ～」と笑う。

小島の姿が見えないと思ったら、店の人間にショップバッグを預けているようだ。全員席についたのを見計らい柴崎は口を開いた。

「いつも頑張ってくれて感謝する。これからも精進してくれ」

わざとしゃちほこばって言いながら柴崎は飯野へプレゼントの包みを差し出した。

「え、なんすかこれ？　プレゼント？」

驚く飯野を横目に柴崎は宮川と小島にも同様にプレゼントを渡した。三人は口々に礼を言いながら包装紙を開く。飯野はビリビリに破いたが、小島と宮川は女性らしく丁寧にテープを剥がしている。

「あ、ハンカチ！　俺ここのブランド好きなんですよ。ありがとうございます」

喜ぶ飯野とは対照的に小島の顔が強張る。宮川は苦笑してみせた。

「柴崎係長ありがとうございます。ハンカチを送るのって別れの意味もあるみたいですけど……」

飯野が「ひでぇ！」と笑ってくれたので、柴崎も笑いながら否定した。

「あ、そうだったのか。悪いな、そういう意味はまったくないから」

はは、と頭をかくと、宮川も小島も笑う。

料理はコースで、横文字の洒落た料理が次々と運ばれてきた。

絵に描いたような体育会系の飯野は、とにかく盛り上げようと張り切っているようだ。口下手な柴崎にしてみれば飯野の存在はありがたい。

適度にアルコールが入ったところで、それぞれどのへんに住んでいるのか、休みの日は何をしているのかの話題になった。

「俺、実家は尾紘《おびろ》市で今は西区の外れに住んでます。冬は平気でバスが遅れるから、マジで通うの大変なんすよ」

「係長の地元はどちらなんですか？」

「俺は生まれも育ちも薩穂市だよ。両親は豊住《とよすみ》区で俺は中央区。そうそう、ペット可のマンションでうさぎを飼ってるんだ」

「えー！　係長うさぎ飼ってるんですか」

宮川が最初に食いついたのを見て、すかさず飯野が乗っかってきた。

「係長がうさぎ飼ってるとか意外すぎ。写真とかないんすか？」

「それを訊くか？」

ニヤリと笑ってスマホの豆餅フォルダを開く。念のためジャッカロープの写真が混じっていないことを確認してから飯野に渡した。

「見ます？」

何故かドヤ顔で飯野が宮川にスマホを見せる。

「うわ、可愛い！　この子なんて名前なんですか？」

「豆餅っていうんだ」

柴崎が答えると飯野が爆笑する。ムッとしていると向かいの席に座っていた小島が微笑みながら言った。

「名前もうさぎさん本人もすごく可愛いですね」

上目遣いで目尻を赤く染める小島は可憐《かれん》と言うに相応しい。落ち着かない気分で柴崎は「おう……」と相槌を打った。

なにか言いたげな飯野の視線に辟易《へきえき》しつつグラスを傾ける。

「あ、もうビールないですね。注文しますか？」

小島がメニューを渡してくる。それを受け取ったタイミングで店員がテーブルにやってきた。

「本日店内が大変混み合っているため、二時間までのご利用となっています。そろそろお時間ですが如何《いかが》なさいますか」

飯野がビールを追加で注文する。部下たちのまえであまり酔っ払うのもどうかと思い柴崎はウーロン茶を頼んだ。

「そっかー、まだ八時なんすよね。そうだ係長、中央区に住んでるならここからそんな遠くないですよね。これから係長の家に行ってもいいですか？　豆餅に会いたいっす」

「おまえさっき笑ってなかったか？」

ぎくりとしながら柴崎は遠回しに断ろうと頭を捻る。だがその前に小島がちいさく手を上げた。

「あの、私も行ってみたいです」

「いいですね、皆で豆餅に会いに行きましょう」

宮川が賛成すると飯野がさらに張り切った。親しくなるチャンスを逃したくないのだろう。家主である筈の柴崎を置いてきぼりにして決定したような空気が流れる。

「ちょっとちょっと待ってくれ。家には今客というか親戚がいてだな……」

柴崎が断ろうとしたところ、くいっと二の腕あたりのシャツを引っ張られた。小島だ。

「あの、ダメですか……？」

懇願するような瞳に柴崎は何も言えなくなる。しかも横顔に飯野の視線がグサグサ突き刺さって仕方がなかった。

「飲み足りないなら、うちじゃなくてもほらカラオケとかさ……」

「今日イブだから店はどこもかしこも混んでますよ。それにカラオケじゃなくて俺たち『豆餅』に会いたいんですって。もし掃除が必要なら俺、手伝いますから」

全員の期待する視線が柴崎に集中する。はあ、と思わず溜息を吐いた。所詮三対一では勝ち目がない。

わかったよ、と柴崎が降参すると三人から歓声があがった。アルミラに連絡するため柴崎はスマホを取り出した。

（まあ客が嫌なら逃げろって言うしかないな）

アルミラの番号を押しながら柴崎はもう一度溜息を吐いた。

◆
◆
◆

クリスマスイブの日、アルミラが『さくらむーん』へ出勤すると、店内は常連客でいっぱいだった。

カップルらしき二人連れと、女性三人の客、あとひとりは常連客の女性だ。

歳は二十歳くらいで、いつもネザーランドドワーフの『モカ』を連れてくる。モカはこの店で購入したとのことで花村も伊藤も気にかけている。

モカは白い毛に黒の混じった毛色で豆餅とよく似ていた。それもその筈でモカと豆餅は兄妹うさぎだった。

「アルミラ君、このあと予約のお客様が来るから新規の方のカフェ利用は三十分待ちね」

「わかりました」

伊藤がドリンクを作りにバックヤードに戻る。ケージ内のペットシーツを替えながら、アルミラはさりげなくモカの様子を窺った。僅かに引きずる後ろ足が痛々しい。

流れ込んできたモカのこころの声に背筋がひやりとした。彼は怯えて悲しんでいた。

（あの女……）

飼い主がビクつくモカを優しい目で眺めていた。華奢な手がちいさな頭を撫でてやっている。

「アルミラさんも、うさぎ飼ってるんですか？」

カップルの彼氏のほうに話しかけられ、アルミラは「はい」と頷いた。飼っているのは柴崎だが、店長から飼っていることにしておけと言われているのだ。

「飼うのってやっぱり大変ですか？　一応ペット可のマンションには住んでるんですけど……」

生き物を飼うのに大変じゃないことなんてあるんだろうか。そう思いつつ、アルミラは初日に教えられた接客マニュアルを思い出した。

「そうですね。うさぎの場合鳴き声とかは平気ですが、コードや家具を齧ってしまうのでタンスなんかの置き場所には気をつける必要があります。あと服も、齧ったり爪でひっかいたりするので注意ですね」

アルミラのことばを聞いて彼女のほうが溜息を吐いた。

「いいなあ、うさぎ飼いたいなあ。そうえいば店頭にいたグレーの子、いなくなっちゃったんですね」

「はい、先日お客様のところへお引越ししました」

「いいなあ。やっぱりあの時決めておけばよかったあ。可愛い子だからすぐ貰われていっちゃったんだね」

彼女がテーブルに顔を伏せながら嘆くと彼氏が「まあまあ」と慰める。

「またきっといいご縁がありますよ」

花村から教えられたとおりの台詞を告げ、アルミラはカップルから離れた。三人組のほうは盛り上がっているし、今がチャンスだ。

アルミラはモカの飼い主のもとへ行き「あの、ちょっといいですか」と声をかけた。マスカラをたっぷり塗った目が大きく見開かれる。

「モカちゃんは今発情期なんです」

「え……そうなんですか」

突然話しかけてきたアルミラに、飼い主は顔を赤くして俯いた。彼女は男性が苦手らしく花村やアルミラを避けて、伊藤と話しこむことが多い。

だがアルミラには彼女にどうしても伝えなければならないことがあった。

「だから、トイレを失敗してしまうのは仕方がないんです。できたら……こいつのこと、叩かないでやって貰えませんか」

「……ッ」

飼い主がひゅっと息を飲む。アルミラはかまわず続けた。

「モカ、足を引きずってますよね。うさぎは骨が脆《もろ》いんで、骨折しやすいんです。力加減を間違えたら大怪我をすることもあります」

きっちり揃えた前髪の下から、ギラギラした両目が覗いていた。飼い主はいきなりアルミラを突き飛ばすと大声で叫んだ。

「なんなのよ、あんた！　いきなりひとのことDV女みたいに言いやがって！　あんたに何がわかるの!?　私とモカが部屋で何をしているのかなんであんたが知ってるのよ？　覗き？　ストーカー？」

さっきまで穏やかな談笑に包まれていた筈の店内が、すっかり静まり返っている。アルミラは冷ややかな目で女を見た。

「あんたの部屋なんか見なくたって、こいつを見りゃすぐわかるだろ。怪我してるだけじゃない。あんたが手を伸ばすたびビクッとしてんじゃねーか。飼い主さん、『あんた』に怯えてんだよ」

女の顔が赤を通り過ぎてドス黒くなってゆく。何事か、とバックヤードから伊藤が顔を出した。

「なんなのよ、この店！　なんで私DVとか疑われてんの？　ひょっとしてマジで頭おかしいの？　信じらんない、マジでキモい」

伊藤が慌てて駆け寄ってくる。彼女に掴みかからんばかりの勢いで飼い主は叫んだ。

「店長呼びなさいよ、今すぐに！」

「うちのスタッフが失礼なことを申し上げて失礼いたしました」

謝る伊藤に飼い主は真っ赤な顔でアルミラを指差した。

「なんでおまえが黙ってんの！　土下座して謝りなさいよ！」

飼い主の女はどうでもいいが、伊藤の咎《とが》めるような視線が痛い。俯くアルミラの耳に聞き慣れた声が届いた。

「どうかしましたか、お客様？」

「店長！　ちょっと聞いてよ！」

飼い主の意識が店長に向いたところで伊藤に腕を引っ張られる。そのままバックヤードまで連れて行かれた。

「どうしたのよ、あのお客さんがあんなに大きな声を出しているの初めて見たよ。めちゃくちゃ怒ってたじゃない」

「……モカのこと、叩かないでくれって言ったんです」

「えっ!?」

アルミラのことばに伊藤が絶句する。

当たり前だ。彼女はアルミラがジャッカロープだと知らない。うさぎの言っていること
がわかるなんて思ってもいないのだ。

「どうしてそんなことを言ったの」

「モカは足を引きずってるし、飼い主さんに怯えてた。だから……」

「アルミラ君は、モカのことが心配だったんだね」

伊藤が困惑しているのが伝わってくる。アルミラが俯くと伊藤はちいさく溜息を吐いた。

「あのね、お客さんがモカのことを本当に叩いていたかどうか私たちにはわからない。た
とえば抱っこを失敗して怪我をさせちゃうことだってあり得るんだし……」

信じてくれと言いたかった。だが自分の正体を隠しているアルミラは口を噤むしかない。

「あのお客さんね、週一でうちのこと利用してくれてるの。モカだってうちで購入してく
れたし、その前に飼ってた子もうちで買った子なの。お得意様なんだよね」

「わかります。でも……」

アルミラのことばを遮るようにして伊藤は続けた。

「あのひとね、ツイッターとかインスタとかもやってて、うちのこと宣伝してくれてるの。

こういう商売って口コミが命だから、変な噂とか立てられたらおしまいなんだよ。そこから立て直すのって本当に大変だから……」

自分が何をしてしまったのか、今頃気づいても遅いのかもしれない。アルミラはただモカのことを助けたかった。

だがその結果、この店自体を悪く言われてしまうかもしれないのだ。

伊藤がさらに言い募ろうとしたところ、コンコンとバックヤードの扉をノックする音が聞こえた。

「伊藤ちゃーん、ヘルプ頼むよー」

現れた花村が伊藤に向かって手招きする。ハッとした顔をして、伊藤は「はい」と頷いた。心配そうにアルミラを一瞥したが、振り切るように店の中へと出てゆく。

アルミラはぎゅっと拳を握りしめた。

「ちょっとだけお店頼むね」

花村は伊藤に告げて、入れ替わりにバックヤードへ入ってきた。

「俺はクビですか？」

花村が無言でかぶりを振る。彼はなんとも言えない顔でアルミラを眺めた。

「今回のことはさ、僕がアルミラ君に頼り切っちゃったから起きたことだと思っている。つまり僕の責任だね」

自分が責められるならまだよかった。アルミラのせいで、もしこの店の評判を落とすようなことがあったらどうすればいいのだろう。

アルミラがクビになっておしまい、という話ではないのだ。ほとんど呆然としながらアルミラは言った。

「すみません、俺お客さんのこと怒らせちゃって……」

アルミラはモカのことを助けたいと思った。だがストレートに告げるよりもっと上手いやりかたがあったのかもしれない。

少なくとも花村や伊藤だったら、あんなにあの客を怒らせない別の言い方ができた筈だった。

今になって柴崎がよく考えろと何度も言っていたことを思い出す。人間になってバイトをするという意味。

自分ではよく考えていたつもりだったが、その結果がこのありさまだ。店にも、花村にも大きな迷惑をかけてしまった。

まだ花村が何か言っていたがアルミラの耳には届かない。人間の何倍もの聴力を持っているのに――。

「……だからね、アルミラ君は明日からしばらくお休みってことでさ」

ようやく聞き取れたのはそんなことばだった。しばらくとはいつまでなのか、訊ねる気力はもうなかった。

本来ならバイトは八時までだったが、帰宅したのは三時半だった。

家に帰ると豆餅が出迎えてくれた。今日予定があると言っていた柴崎は思ったとおり既に不在だった。

（柴崎の顔、見たかったな）

豆餅が外に出たがっていたのでケージの扉を開けてやる。ぴょんと飛び出てきた豆餅に乾燥パイナップルを一つやって背中を撫でた。

（両手で包み込めるほど、こんなにちいさくて柔らかい生き物を、どうして叩いたりできるんだよ！）

流れてきたモカの気持ちを思い出すと悔しくて涙が滲んでくる。

豆餅が指を舐めてくれる。くすぐったくてアルミラはちょっと笑ってしまった。慰めてくれたのだろうか。

涙を拭きアルミラはその場で立ち上がった。

テレビをつけるとクリスマス特番をやっていた。そう言えば今日はクリスマスイブである。

故郷にいた頃も人間たちはクリスマスを盛大に祝っていた。あちらの人間たちは家族で過ごすものがほとんどだったが、ここでは恋人たちのイベントなんて呼ばれているのだ。

アルミラは柴崎の顔を思い出した。

「クリスマスイブなのにアルミラはバイトか」

すこし不貞腐れたような呆れたような顔で柴崎がぼそっと呟いていた。

そうして今朝になって彼はアルミラに言い放った。

「今日は用事があっておまえの迎えに行けないんだ。飯作っておくから食えよ」

「わかった」

「それと帰りはタクシー乗るんだぞ」

「別に俺、地下鉄乗れるけど」

アルミラが言い返すと柴崎はかなり怖い顔で詰め寄ってきた。

「アルミラ」

ただでさえ凶悪な人相なため圧がすごい。アルミラは早々に降参した。

「わかった、タクシーに乗る。だからその顔を止めてくれ」

出かける前にそんなやりとりがあったのに、アルミラはすっかり忘れていた。頭を冷やしたくてタクシーでも地下鉄でもなく、歩いてここまで帰ってきた。柴崎に知られたら怒られそうだ。

『クリスマスに欠かせないものといえば……やっぱりケーキですよね。というわけで、今日はクリスマスケーキ人気ランキングをご紹介致します』

テレビの中で華やかな歓声が湧き起こる。アルミラはそちらへ視線を向けた。

『まずはこちらのケーキから……わあ、綺麗ですねー！　食べちゃうの勿体《もったい》なぁい』

目をキラキラさせながら女性レポーターがテーブルに集められたデコレーションケーキを紹介してゆく。

木の幹を模したチョコレートのケーキ、イチゴが宝石のように散りばめられたケーキ、赤い帽子を被った老人サンタクロースをあしらったケーキ。アルミラはケーキというものをまだ食べたことがなかった。

レポーターがケーキを味見する。

『チョコレートのほろ苦さとオレンジのムースがよく合います。上品な甘さでとっても美味しいです。ホールでいけちゃいそう！』

チョコレートはあまり好きじゃないが、次にレポーターが試食したイチゴのケーキはなかなか美味しそうだった。

「そうかケーキって甘いんだな」

レポーターが試食したケーキの店舗と値段を教えてくれる。アルミラは己の所持金を確かめた。

バイト代はまだ貰っていないので今日柴崎から渡されたタクシー代二千円だけだ。

（二千円じゃ丸いケーキは買えない……よな？）

次々とケーキが紹介されていくものの、二千円で購入できるものはなかった。探せばどこかにあるのかもしれないが、そこまでして食べたいかと言われればノーである。

番組が終わりザッピングしていると、とある料理番組が目に留まった。

『今日は失敗しないデコレーションケーキのレシピをご紹介します。クリスマスケーキにもおすすめですよ』

年配の女性が画面の向こうでニコニコ微笑んでいる。アルミラは思わず身を乗り出した。

「ケーキって自分で作れるのか？　せっかくだから俺も作ってみようかな。おい、豆餅どう思う？」

豆餅に訊いてみたがケーキを食べないのでどうでもよさそうだ。テレビの画面では材料が紹介されている。アルミラはそれを記憶した。

卵、砂糖、小麦粉、バター、牛乳、生クリーム、デコレーション用のフルーツ。

まず卵を泡立てて、粉をふるい、溶かしたバターを投入する。あとは型に入れてオーブンで焼くだけでスポンジケーキができあがる。これを半分にカットして生クリームとフルーツで飾りつければクリスマスケーキの完成だ。

（よし、作り方は覚えたぞ）

今日はせっかくのクリスマスイブだ。恋人たちのイベントだというなら、自分と柴崎は参加する権利がある。アルミラはへへ、と頬を緩ませた。

恋人——人間はつがいのことをそう呼ぶのである。アルミラと柴崎は先日恋人になったばかりだった。

（あの時の柴崎、格好良かったな）

金曜日の夜、柴崎とクリスマス市に出かけた。おかしな男たちを追っ払ったあと柴崎はアルミラにキスをしたのだ。いや、ひょっとしたらアルミラが柴崎にキスをしたのかもしれない。どちらにせよ彼はアルミラを受け入れてくれた。

触れ合ったのはほんの一瞬だったが、アルミラには永遠にも思える一瞬だった。

（人間って、キスをしたら恋人同士なんだろ）

あの日のキスを思い出せば、自《おの》ずと初めて繋がった時のことも思い出す。反射的に腹の奥がきゅう、と切なく疼いた。

身体の奥を広げられていっぱい擦られて大好きな柴崎の匂いをたくさんつけて貰った。はっ、はっと無意識のうちに息が弾む。アルミラはぶるりと全身をおののかせた。

（また……したいな。次はいつするんだろ？）

今アルミラは発情期ではないが、柴崎は人間だ。人間はいつでも発情できる便利な体質なのである。ジャッカロープはつがう相手が発情するとつられて発情する体質なのだ。

先日うさぎ相手に発情してしまったのは、成獣になったにも拘わらず、自慰もせず身体をほったらかしにしていたせいだ。でも柴崎と交尾したから、もう彼以外には反応しない。

「恋人たちのイベントってくらいだから、ひょっとしたら今夜交尾するかも？」

想像してかあっと頬が火照ってきた。今日はバイトで落ち込むこともあったが柴崎とクリスマスができたらきっと楽しくなる。

「柴崎とクリスマスをするぞ！」

さっきテレビに映っていた人間が言っていた。クリスマスに欠かせないもの、それはケーキだと。

（っと、こうしちゃいられない）

アルミラはキッチンへ行ってケーキの材料を確認した。

「飾りのフルーツはやっぱりイチゴだよな。豆餅も大好きな葉っぱが食べられるし。それと生クリーム……卵も足りないな」

次は道具だが泡立て器、ボウルはあったがケーキの型がない。テレビの女性は百円ショップで売っている紙製のものでもいいと言っていた。

「これなら二千円で足りそうだな」

アルミラは豆餅をケージに戻し、マンションを出た。向かうのは柴崎といつも通っているスーパーだ。

目当てのものを無事購入し、意気揚々と部屋に戻る。時計を見るともうすぐ五時になるところだ。

「よしやるか！」

テレビで見たので作り方は覚えている。だが頭で覚えているのと実際の作業は違う。まず卵を泡立てる段階でアルミラは苦戦した。いくらかき混ぜても終わりが見えない。

「くそ、なかなかさっき見たのと同じにならないな……卵が違うとか？」

テレビでは電動ミキサーとやらを使っていたが、泡立て器でもできると言っていた。もったりしてきた卵に分量の砂糖を入れる。

「ああ、もう手が痛い〜」

手も限界だし飽きてきたので、一応これでいいことにする。アルミラは次の工程へ進むことにした。

卵を泡立てたボウルへ小麦粉をふるい入れる。

「次はゴムベラで手早く混ぜる……ってゴムベラがなかったな。えーと……これ代わりに使ってもいいよな」

アルミラはしゃもじを手にとってボウルの中身をかき混ぜる。テレビでは手早く混ぜることがコツだと言っていた。

手早くということはしっかり混ぜたほうがいいのだろう。アルミラは一生懸命中身を捏ねた。できた生地に溶かしバターと牛乳を投入しさらに混ぜる。

完成した生地を紙でできた型へ流し込み、アルミラはハッと固まった。

「百七十度に温めたオーブンで三十分焼く」

オーブンレンジの温め機能は使ったことがあったがオーブンのほうは初めてだ。まごつきながらもどうにか百七十度に温めてケーキ型を入れる。

焼き始めてからしばらく経つと甘い匂いが部屋じゅうに漂いだした。

「よーし！」

気がつけばもう六時を過ぎていた。それなりに空腹を覚えたので、柴崎が作ったキャベツシチューをＩＨヒーターで温めて食べる。

食べ終わった皿を片付けて、アルミラはオーブンを覗いてみた。

「……あれ？」

思ったほど生地が膨らんでいない。焼き時間はあと十分残っているからこれから膨らむのだろうか。やがてオーブンがチン、と音を立てヒーターが停止した。

「できた……けど」

アルミラの望み虚しく生地は型よりかなり低く焼きあがった。うう、とアルミラは呻いた。試しに竹串を突き刺してみたが濡れた生地はついてこない。

「形はちょっと悪いけど、味は……美味しいよな……？」

ケーキというより限りなくクッキーに近い何かに思えるが、デコレーションすればそれなりに見える筈だと自分を慰める。

ケーキを冷ましているあいだにデコレーションの準備をすることにした。イチゴのヘタを取り包丁でカットする。冷蔵庫から生クリームを取り出しボウルに注いだ。

「ええと……生クリームを七分立てに？　七分立てってのがわからないんだけど、勘でいいか」

砂糖を入れてこんなものか、というところまで泡立てる。すこし固いような気がしたがそもそも正解がわかっていないのだ。

本当はスポンジを包丁で半分にカットしてイチゴを挟むのだろうが、この低さではペラペラになってしまいそうだった。取り敢えず泡立てた生クリームを表面にしゃもじで塗りたくり、スポンジが真っ白になったところで上にイチゴを並べた。

「や、やった……！」

クリームはよれているし、並べたイチゴも曲がっているが、かろうじてケーキの体裁は整えられた。

「うー、ベタベタする」

使った道具を洗って乾かし、アルミラはさっとシャワーを浴びることにした。すぐに帰されてしまったとはいえバイトをし、慣れないケーキ作りなんてしたものだから、アルミラはかなり疲れていた。

シャワーを浴び終わると、強烈な眠気が襲ってくる。時計を見るとあともうちょっとで七時半になるところだった。

（柴崎が帰ってくるまで一休み……）

人間の姿のままソファではなく柴崎のベッドへ潜り込む。早く帰ってこないかな、と思いながらあっというまにアルミラは眠りに落ちた。

「アルミラ、おいアルミラ起きろって……」

柴崎の声が聞こえる。やっと帰ってきてくれた。アルミラは喜んで目を開いた。するとどこか困惑した顔の柴崎がいた。

（あれ？）

もうアルミラの作ったケーキは見ただろうか。とにかくおかえり、と言いかけて部屋の中に柴崎以外の気配がすることに気づく。

柴崎が咎めるように言った。

「おまえなあ、どうして電話に出なかったんだよ。仕事仲間を連れ帰ってクリスマスパーティーをやるって伝えたかったのに」

「……え？」

完全に眠気が覚めてアルミラはパチパチと両目をしばたたかせた。恋人のアルミラがいるのにどうして他人を呼んだのだろうか。

（仕事仲間だから断りきれなかったとか？）

でも外で飲むのはいいとして、家まで押しかけてくるのは遠慮して欲しかった。アルミラと柴崎が一緒にいる時間が減ってしまう。

柴崎からの電話に出られなかったことが悔やまれる。事情を教えて貰えばアルミラはきっぱり断った筈だ。

「とにかくおまえの紹介するから顔出せよ」

嫌だと断りたかったが、柴崎に促されリビングへと向かう。アルミラはぐっと眉間に皺を寄せた。こうなったら挨拶ついでに、さりげなく邪魔だと伝えてやろう。

（本当に、誰だよこいつら）

アルミラの定位置であるソファを知らない人間が我がもの顔で占領している。そこは自分の場所だと蹴り飛ばしてしまいたい。

ローテーブルにはピザとポテト、フライドチキンが並べられていた。

バイト先で知らない人間に会うのはかまわない。だが自分のテリトリーに他人が存在するのが許せなかった。

特に寝起きで野性が剥き出しの状態の今はひどく神経に障る。そんなことなど露知らず、柴崎が呑気に言った。

「皆ごめん、こいつが親戚のアルミラ。アメリカからこっちに遊びに来てるんだ」

憮然とした表情を隠しもせず、アルミラは三人の人間をじっと見た。沈黙を貫くアルミラの態度に、彼らは戸惑っているようだ。

「こらアルミラ、挨拶しろ」

「……どうも」

柴崎に言われて渋々口を開く。柴崎は呆れたような顔をしたが、アルミラだって怒っているのだ。

（よりにもよってどうして今日呼んだんだよ！）

せめてクリスマスイブじゃなければ、もっと愛想よくしてやれたのに。

はあ、とあからさまに溜息を吐き、柴崎は彼らのことを紹介しようとした。

「難しい年頃みたいで、悪いな皆。おいアルミラ、こっちが……」

「飯野っす。柴崎係長の部下です」

柴崎のことばを引き継ぐようにして飯野が口を開く。地声が無駄に大きくて、顔は笑っているが目は笑っていないのが不気味だ。こいつ嫌いだ、とアルミラは内心で思った。

「小島と言います。同じく柴崎係長にお世話になっています」

「私は宮川です。アルミラ君、今日はいきなり押しかけちゃってごめんなさい」

小島と宮川からは嫌な感じはしない。「別に」とアルミラはちいさくかぶりを振った。

宮川がふふっと笑う。

「柴崎係長からイケメンだとは聞いてたけど、本当だったのね」

「なんだよ、信じてなかったのか？」

「もちろん信じてましたよ。でも想像以上のイケメンだったたってことです」

俯いた飯野がチッと舌打ちする音が聞こえた。アルミラの聴力だから聞き取れただけで、ほかの人間たちは気がついていないらしい。アルミラとしては、どうでもいい。

「アルミラ君は観光でこっちに来てるの？　時計台とか行った？」

飯野が明るく話しかけてくる。だがアルミラに対する敵意をビンビンと感じるのであまり相手にしたくなかった。

「行ってません」

素っ気なく告げると飯野は笑顔を引き攣らせた。内心べーっと舌を出してやる。

なんとなく微妙な雰囲気になったところで小島が柴崎に言った。

「柴崎係長、豆餅ちゃんを触ってもいいですか？」

「ああ……」

曖昧に頷いて柴崎がアルミラへ目を向ける。

「知らない人間がいきなり三人もやってきたから、あいつ今めちゃくちゃ緊張してる。触るならもうちょっと待ってやれよ」

「ごめんなさい、そうですよね。えっと……見るだけなら大丈夫ですか？」

小島が申し訳なさそうな顔をする。柴崎に横目で睨まれて、苛々しながらアルミラは見返した。

「なんだよ？」

「アルミラおまえなあ、言い方ってもんがあるだろ」

知るか、という意味を込めてアルミラは肩を竦めてみせた。ジャッカロープである自分にさえ空気が険悪なのがわかる。

場を取り繕おうとしてか、柴崎はしきりに三人に話しかけていた。

（っていうかこの雌、柴崎のこと気にしてるよな？）

自分のつがいに手を出そうだなんていい度胸をしている。だが柴崎は柴崎で小島を見てデレデレと鼻の下を伸ばしているのが情けない。

なんとなくポツポツ会話を続けていると、ふいに柴崎のスマホが鳴った。

「お、花村からだ。悪い、ちょっと電話してくる」

花村、ということばにアルミラはビクリと肩を震わせる。彼と彼の店には今日迷惑をかけてしまった。事情を聞いたら、柴崎はアルミラのことをどう思うだろうか。

アルミラはぐっと唇を噛み締めた。

悪いな、と謝りながら柴崎が中座する。寝室に入り扉を閉ざした。その途端、小島と宮川が小声で何事か相談し始めた。アルミラはうんざりしつつそれを眺める。

（いい加減、マジでこいつら帰ってくれないかな）

チラチラと小島と宮川に視線を送っていた飯野がいきなりアルミラに絡み出した。

「アルミラ君、全然食ってねーじゃん。腹減ってないの」

紙皿にピザとフライドチキンを盛ったものを押し付けられて辟易する。

「すみません、夕食はさっき済ませたので」

「ええ、君の年だったら夜食とか余裕でしょ。ほらひと口でもいいから食べなよ」

「飯野君、無理強いしたらダメだよ」

宮川が助け舟を出してくれるが、飯野は一向に引く気がなさそうだ。仕方がない、とアルミラは言い訳した。

「俺、ベジタリアンなので肉はちょっと……」

アルミラのことばに飯野が嫌な感じで笑った。

「ええー？　意識高い系ってやつだ」

意識が高いも何もアルミラは肉を食べられない。答えずにいると飯野はさらに嫌味を続けた。

「アルミラ君って大学生？　いいご身分だよねえ。柴崎係長が稼いだ金で借りてる部屋に住んで、飯食って……しかもベジタリアン？　すげーよ、マジで」

小島と宮川が慌てて割って入る。

「ちょっと飯野君、いきなりどうしたの？」

「アレルギーとかの問題があるのかもしれないし、別にベジタリアンだっていいじゃない。アルミラ君ごめんね、こいつちょっと酔っ払っちゃってるみたいで」

「やー、でも本当の事じゃないすかあ。ねえ、なんで肉食わないの？　つかアレルギーなの？　もし喰わず嫌いなら、わがまま言ったらダメだよ～」

鋭くなる目つきを誤魔化すためアルミラは顔を俯けた。

飯野という男は、柴崎の職場の人間だ。今日はバイトの件で、ただでさえ柴崎に迷惑をかけてしまった。花村との電話が長引いているのもそのせいだろう。

（食えばいいんだろ、食えば！）

アルミラはチキンを掴み、かぶりついた。

口の中に広がる、脂の匂い、肉の感触、生き物の味。飯野がバカにしたような顔でこちらを見ている。こんなことで負けたくない。アルミラは咀嚼し飲み込もうとした。だが胃が震え、ぐっと喉もとになにかがこみ上げてくる。

口を押さえトイレへ走る。彼らの前でだけは粗相したくなかった。ギリギリで間に合い便器に頭を突っ込む。涙を流しながらアルミラは嘔吐《おうと》した。

「あれ、アルミラは？」

扉越しに柴崎の声が聞こえる。どうやら電話が終わったらしい。

「あの、ちょっと具合が悪くなったみたいで」

小島の困惑した声が聞こえる。柴崎がこちらへやってくる気配がして、アルミラはトイレットペーパーで口元を拭った。

何食わぬ顔で扉を開ける。今まさに突入しようとしていた柴崎の肩を叩き、アルミラはリビングへと向かった。柴崎が心配そうな顔で訊いてくる。

「具合悪くなったって、大丈夫か？」

「平気だ」

「おまえさっきまで寝てたのもひょっとして調子よくなかったからか？　俺たちに付き合わず先に寝てていいんだぞ」

今日がクリスマスイブじゃなかったらそうしたい。でも恋人たちが一緒に過ごす日に柴崎と一緒じゃないのは嫌だ。

「大丈夫だって。それより電話、花村店長からの……」

花村の名前を出した途端、柴崎は顔を強張らせた。リビングにいる三人を見て肩を竦める。

「ああ、その件はあとにしようぜ」

できればすぐに話し合いたかった。だがこの状況で話せないことはわかる。アルミラは頷いてみせた。

リビングへ戻ると、飯野はどこか挑発的な顔をして出迎える。

「あ、もう大丈夫なんすか？」

アルミラが無言で頷くと飯野は目を細めた。柴崎がアルミラと飯野を見比べて僅かに眉を顰める。

その傍らで女性ふたりがこそこそ話していたが、やがて宮川が小島の肩をぽんと叩いた。

「もう、せっかく用意したんだから渡しなってば！　ねえ、柴崎係長」

「な、なに？」

いきなり矛先を向けられ、柴崎は声を上擦らせた。それを受けて小島が観念した様子で玄関へ向かう。すぐに彼女は両手で箱を抱えて戻ってきた。

「えっと……実は、ケーキ作ってきたんです」

消え入りそうな声で言うと、小島は柴崎に向かって箱を差し出す。驚きながらも柴崎は嬉しそうに受け取った。

「え、ひょっとしてクリスマスケーキ？」

「はい。お口に合うかどうかわからないですけど……。前に係長、食べてみたいって言っていたので……」

「うん、言った言った。うわあ、嬉しいな！」

小島のことばに飯野が茶々を入れる。

「えー、気にするの係長だけ？　俺たちの口に合うかは気にしてくれないの？」

「そんな、違いますっ」

小島が耳まで顔を赤く染めると、それにつられるように柴崎もまた頬を染める。飯野と宮川がそれをからかうように眺めている。

「さっきのお店でも従業員の方に言って冷蔵庫を借りたんですよ。そこまでして渡さず帰ろうだなんて、奥ゆかしいにもほどがあると思いません？」

テーブルの上の料理が退けられ、柴崎がケーキの箱を開ける。おおっと全員の口から感嘆の声が漏れた。

「凄いな！　店で売ってるやつみたいだ」

柴崎の言うとおりだった。

小島の作ったケーキはアルミラがテレビで見たのと遜色《そんしょく》ないほど素晴らしいデコレーションだった。

彼女の綺麗なケーキと比べるとアルミラの作ったケーキはゴミみたいに思える。

宮川がにやけた顔で言った。

「凄いですよねー。莉乃、お菓子作りとか得意なんですよ」

「マジですげえ。あれだ、ほら、パティシエみたい！」

「もう綾香も飯野君も褒め過ぎだから……。こんなの慣れたら誰でも作れるって」

謙遜する小島に柴崎が首を振る。

「いやいや誰でも作れるってレベルじゃないだろ。本当に凄いよ」

柴崎のことばを聞いて、小島は嬉しそうに微笑んだ。

「係長まで……。まだ食べてないのにそんなに褒めていいんですか？」

「いや、だってこれ食べなくても美味しいってわかるレベルだろ」

飯野のことばにアルミラ以外の全員が笑う。事前に用意していたらしいプラスチックのちいさな包丁で小島が皆にケーキを切り分ける。

受け取った柴崎がひと口ケーキを食べて目を丸くした。

「すっげえ。お世辞じゃなくて本当に美味い！　製菓専門学校でも通ってた？」

「ネットとか本とか見て独学で……趣味の範囲で楽しんでるだけです」

すげえすげえ、と喜ぶ柴崎を、小島が真っ赤な顔で見つめている。宮川がその小島の肩を指で突いた。

Merry Christmas

「お菓子だけじゃなくて料理も得意だしね。そうだ莉乃、今度柴崎係長にお弁当作ってあげなよ」

「いやいや何言ってるんだよ。そんなの小島さんに悪いだろ」

慌てて否定する柴崎に、小島が「いいえ！」とかぶりを振る。

「お弁当なんて一個作るのも二個作るのも一緒なんで、もしよかったら私これからその……」

語尾が急にちいさくなり、小島はすっかり俯いた。

(あれ？　俺、なんでここにいるんだろう……)

もう限界だった。足がふらついて壁にぶつかる。大きな音がして、やっと気づいた柴崎がアルミラを見た。

「どうしたアルミラ。いつまでもそんなところに突っ立ってないでおまえも座れよ」

「んー。やっぱりまだ具合が悪いみたいだから、ちょっとあっちで休んでくる」

「具合悪いって、大丈夫なのかおまえ」

立ち上がろうとする柴崎を視線で制し、アルミラは笑って言った。

「ケーキ、俺のぶん残しておいてな」

ああ、と柴崎が返事をしている途中でアルミラは寝室へと向かった。彼らが帰るまでここに閉じこもっていよう。

そう思った瞬間、ベッドの上に紙袋が置いてあることに気がついた。中を覗くと綺麗に包装された箱が入っていた。リボンを見てピンとくる。

（これってクリスマスプレゼント？　ひょっとして柴崎が俺に!?）

沈んだこころが一瞬で高く浮上する。落ち着け、とアルミラは深呼吸した。まだ自分へのプレゼントと決まったわけじゃない。ひょっとしたらあの三人の誰かから柴崎が受け取ったプレゼントかもしれない。

（中身はなんだ？　それがわかれば誰から貰ったのか、もしくは誰に渡すかわかるかも……）

アルミラは箱を手に取った。見た目よりも軽い。箱を振ろうとして、どこからかちいさな紙片が落ちてきた。アルミラは足元に落ちたそれを指で拾う。ポストイットだ。そこにちいさな文字が書いてある。

『小島さん用』

アルミラは呆然とそのメモを眺めた。自分へのプレゼントじゃなかった。その事実にアルミラはへたり込みそうになる。

（俺へのプレゼントはなしで、あの女に渡すのか。クリスマスって恋人同士のイベントなのに――）

アルミラはふらり、と立ち上がった。

（それとも俺と柴崎は、恋人じゃなかったのか）

アルミラは立派な雄でジャッカロープだ。そして小島は雌で人間だ。こんなの勝負にさえならない。

柴崎と交尾をしたから、自分たちはつがいになれたと思っていた。浮かれてはしゃいでケーキまで作って、なんと自分は間抜けなんだろう。

柴崎に貰ったマフラーと携帯を掴む。寝室の扉を開けて、一目散に玄関へと向かう。背中に柴崎の声がかかった。

「アルミラ外に行くのか？　マフラーだけじゃ寒いって。もっとあったかい格好して行けよ。おい、アルミラ！」

靴に足を突っ込んで、もどかしい思いで扉を開けた。足早にエレベーターまで歩く。一階ボタンを押し、浮遊感に目を閉じる。

チン、と軽快な音を立てエレベーターが目的階に到着した。アルミラと入れ替わりに男女のふたり連れがエレベーターに乗り込んだ。

彼らは軽く口論していたが、その手はしっかりと繋がれていた。エントランスから外へ出ると肌を突き刺すような風がアルミラの髪と頬を嬲った。

寒さに凍えながら思い出すのは、飯野の意地の悪い表情と敵意むき出しだったモカの飼い主の顔だった。

（やっぱり人間なんて嫌な奴ばっかりだ）

そう思う一方でアルミラはその考えを否定したい気持ちになる。柴崎の顔を頭から追い払いアルミラは無心で足を早めた。どこへ向かっているのか自分でもわからない。

途中で何度か携帯が鳴ったがアルミラは出なかった。一時間半ほど歩いたところで大きな通りにぶつかった。

雪がちらつくなか、青、紫、緑、赤、橙、様々な色のイルミネーションがあたりを彩っている。柴崎と一緒に歩いた時、この世にこんな綺麗なものがあるのかと感動した。

だが今は何も感じない。世界から色がすべて消えてしまったみたいだ。

柴崎に繋がるすべてのものから逃れたくて仕方がない。

（帰りたい……故郷に帰りたい……っ）

ヤクザに連れ去られてから、初めてアルミラは群れを思って泣いた。生きているだけで幸せだと思っていた筈なのに、今は息をするだけで胸が軋む。

（柴崎、嬉しそうだったなあ……）

小島の作ったケーキを食べて笑っていた顔を思い出す。それから冷蔵庫にしまってある自分が作ったケーキのことを思い出した。

（あのひとと、恋人になるのかな）

発情期がきて、アルミラは柴崎と交尾した。だがよく考えてみたら、それだけだ。

好きだとか、つがいにしたいとか、彼からは何も言われていない。

アルミラが柴崎のことを好きなように、柴崎もアルミラのことを好きなのだとひとりで決めつけていた。

アルミラが求めたら、柴崎は抱いてくれた。でも彼はアルミラを求めていなかった。柴崎は人間の女が好きなのだ。あの瞬間だけでも相手をしてくれたことを感謝すべきなのかもしれない。

(あーあ、俺のバカ)

人間の姿になれてもアルミラはジャッカロープだ。乳だけ出たところで、柴崎のこどもを孕《はら》むこともできない。料理を作ればゴミを増やすだけだし、アルバイトだって失敗した。セックスだってアルミラばかりがよくして貰った。

なにひとつ柴崎の役に立てないのに、どうして彼と一緒にいられるだろう。

(俺じゃ、ダメだったんだ……)

ぐすっと鼻を啜り乱暴に目を擦る。その時ふたたび尻ポケットに入れていた携帯電話が震えだした。

かじかむ指で電話を掴み、アルミラは通話ボタンを押した。

『アルミラ!』

柴崎の声を聞いた途端、新しい涙があふれてくる。アルミラは白く凍える息を吐き出した。声が震えないよう腹に力を込める。

「よかったじゃん、柴崎。おまえみたいな奴でも相手してくれる雌がいて」

『は？　おまえいったい何を言って……』

「小島だっけ？　おまえのことが好きなんだろ」

そして柴崎も小島のことを気に入っている。アルミラが一緒にいたらきっと巣に連れ込むのに困るだろう。

柴崎がもごもご言っているのが聞こえたが、アルミラはロクに聞いていなかった。彼の声を遮るようにしてアルミラは告げた。

「俺、山に帰る」

『え――』

スピーカーの向こうで柴崎が絶句している。やがて絞り出すような声で彼は言った。

『どうして……』

「どうしてって？　おまえら人間と一緒にいると疲れるんだ。人間の振りしなくちゃいけないのも、嫌だ。さっきなんか肉を無理矢理食わされそうになるし」

『……っ！』

「おまえのことは、嫌いじゃない。でもちょっと疲れた」

柴崎はすぐに答えなかった。相手の逡巡が伝わってくる。

『アルミラが本気で山に帰りたいって思っているのはわかった。でも今日は寒いし、一回家に帰ってこいよ。ちゃんと準備して明日車で送ってやる。俺も一緒に……』

顔はあんなに怖いのに声は優しい。ああ、大好きだと思いながら目を閉じる。柴崎、と相手のことばを遮った。

「もう、無理なんだ」

じゃあな、と告げた瞬間耐えようと思ったのに涙声になった。柴崎が自分の名を呼ぶ声を聞きながら、アルミラは携帯の電源を切る。

『さくらむーん』で働く時、連絡がつきやすいようにと柴崎が買ってくれたものだ。貰った当日は嬉しさのあまり、同じ部屋にいるのに何度も柴崎に電話をかけた。すこし呆れながらも付き合って話をしてくれたことを思い出す。すごく笑って楽しかったのに、何を話したのかアルミラは覚えていなかった。

(もう、いらないよな……)

車道に携帯をぽいっと投げ捨てて、アルミラは歩き出した。横断歩道を渡りきったところで信号が赤から青に変わる。車のヘッドライトが近づいてくるのが見えた。

(――ッ)

アルミラはジャッカロープになって、車道に向かって飛び出した。車が轢き潰す寸前、携帯電話を咥えて歩道に戻る。

いくら夜中で人通りもないとはいえ、街中でジャッカロープになるなんて自分で自分が信じられなかった。

路地へ入り人間に戻る。アルミラは道端でへたり込んだ。顔を覆って短く笑う。

「は、はは……」

捨てられなかった携帯を握りしめ、アルミラは立ち上がる。ふたたび歩き出したが空は暗く、どちらへ向かえば山へ着くのかわからない。

車が通り過ぎるたび、運転席を凝視した。そこに柴崎の姿がないことに、安堵と失望を同時に覚える。あてもなくアルミラはひたすら彷徨った。

（……）

どれくらい時間が経っただろう。寒さで指先の感覚がない。もうこれ以上歩きたくなかった。

気がつけば山どころか繁華街に着いていた。

ネオンがギラギラと目に痛い。公園のイルミネーションとはまるで違った。

どこかのビルの入り口に腰をおろし、アルミラは夜空を仰いだ。下品なネオンさえ、今のアルミラにはくすんで見えた。

さすがクリスマスだけあって、深夜なのに通りは人で溢れかえっていた。何人もの男女がアルミラを邪魔そうに避けて行く。

（ここは駄目だ）

人通りの少ない場所を選んで歩く。寒さで意識が朦朧としてきた。ここがどのへんなのかアルミラにはもうわからない。

やがてチカチカしたネオンが遠ざかりひとの行き来がすっかり途絶えた。どうやら住宅街へと迷い込んだらしい。

（山へはどうやって行くんだっけ……）

ぼんやり考えるアルミラの横を、男がふたり通り過ぎて行った。顔を伏せそれをやり過ごそうとしたときだった。

「おい、兄ちゃん」

声をかけられているとわかっていたが、アルミラは気づかない振りをした。背後で舌打ちが聞こえ、いきなり肩を掴まれる。

無言で睨み返すと、男のひとりがあっと声をあげた。

「おまえ確か――前に組長《おやじ》のところから逃げたガキだろ」

「あぁ？」

「一時期しつこく写真回ってきただろ。こんな派手な野郎、他にいて堪るかよ」

組長、ということばにハッとする。青ざめるアルミラを見て、男たちは確信したらしい。逃げようと身を翻したところを捉えられた。

慌ててあたりを見回してアルミラは鋭く息を飲み込んだ。

ぼうっとしていたせいで気がつかなかった。ここは以前連れて行かれたヤクザの家のすぐ近所だ。男たちはふたりとも荒んだ顔つきで、黒のベンチコートを着込んでいる。どこからどう見ても、これから繁華街に繰り出すチンピラだ。

「離せよ！」

必死に身を捩るが男ふたりには敵わない。ほとんど引きずられるようにして見覚えのある屋敷の前まで連れて行かれる。

（くそっ……！）

予想した通り、そこは以前アルミラが必死の思いで逃げ出した、あのヤクザの屋敷だった。

7

『悪いなクリスマスイブに』

さほど悪いとも思ってなさそうな友人の声に柴崎は苦笑した。

『もう聞いていると思うけど、アルミラ君しばらくバイト休みにしたから』

「へ？　全然聞いてねーけど」

しばらく沈黙したのち、花村は「あ～」と呻くように言った。

『実はさ今日、アルミラ君お客さんと揉めちゃって……』

「いったい何があったんだよ」

電話も繋がらず、疲れた顔で眠っていたアルミラを思い出す。柴崎が心配していると、花村は事の顛末《てんまつ》を語ってくれた。

カフェの常連客が飼っているうさぎに何度か手をあげてしまったらしい。

それをアルミラが口頭で注意したところ、客はすっかり気分を害してしまった。そのせいで結構な騒ぎになってしまったそうだ。

友人の話を聞きながら、柴崎は舌打ちしたかった。自分が一番懸念《けねん》していたことが現実になってしまったのだ。

アルミラはうさぎのきもちが理解できる。虐待《ぎゃくたい》されているうさぎを目にしたら飼い主に忠告したくもなるだろう。

だが相手はアルミラの正体を知らないのだ。いくらでも言い逃れができるし、今回のようにアルミラを逆に攻撃してくることだってあり得た。

「アルミラが迷惑かけて悪かったな」

『は？　なに言ってんの、おまえ』

謝罪のことばを口にする柴崎に花村は言った。

『アルミラ君はモカとお客さんのためを思って忠告してくれたんだよ。俺に相談してくれてたらもっとよかったけどな。実際モカは飼い主さんのことちょっと警戒していたし、今日足を引きずってたんだ』

「……花村」

『それで、お客さんと話をしたよ。一応怪我をしているのが心配だから、しばらくモカを店《うち》に預けませんかってさ。そのあいだお客さんは気兼ねなくモカに会いに来ていいし、カフェの料金もいりませんって。彼女、納得してくれたし喜んでいたよ。最後まで口には出さなかったけど、モカのこと怪我させちゃって本当に悔やんでるみたいだった』

「そんなの、わかんねーじゃねえか」

『反省してなかったら、モカのこと預けないだろ。アルミラ君のこともクビにするんですか、って訊かれたからしませんよって答えたらホッとしてたみたいだし』

「でもしばらくバイトを休みにさせるんだろ」

柴崎のことばに花村はフンと鼻で笑ってみせた。

『学生バイトのひとりが正月の帰省やっぱりやめるとかで、年末年始の人員が確保できたんだよ。おまえもうすぐ正月休みに入るだろ』

「お……う?」

『たまにはどっか連れてってやれよ』

ナイス花村、と言いかけて柴崎は思い切り口ごもった。まるで二人一緒に休めるように取りはからったとでも言いたげだが、この男は柴崎とアルミラの関係をどんなふうに受け止めているのだろう。

バイトの送り迎えなどで、死ぬほど過保護にしていることはバレている。問題は行き過ぎた友情だと思っているのか、それとも恋人同士だと思っているのかだ。

スマホで話していてよかった。この熱くなった頬を見られずにすむのは幸いだ。

『アルミラ君に、そのうちまたバイトを頼むからもうちょっと待ってくれって伝えてよ。あと伊藤ちゃんもアルミラ君のこと気にしてたよ。上手くフォローできなくて申し訳なかったってさ』

「わかった、全部アルミラに伝えておく」

『サービスするから時間あったら店に遊びに来いよ。おまえからは金取るけどアルミラ君はただにするから』

「へいへい」

カフェの年末年始のスケジュールを確認して通話を切る。リビングに戻るとアルミラの姿が見えなかった。

「あの、ちょっと具合が悪くなったみたいで」

小島が困り顔で笑っている。飯野は我関せずといった様子でワインを飲んでいるし、宮川はちょっと呆れているように見えた。

心配になり洗面所に向かおうとしたところ、アルミラが青い顔で戻ってきた。

「具合悪くなったって、大丈夫なのか？」

「平気だ」

素っ気なく返されたが顔色が悪い。強がっているようにしか思えなかった。

「おまえさっき寝てたのも、ひょっとして調子よくなかったからか？　先に寝てていいんだぞ」

柴崎のことばにアルミラは大丈夫だ、とかぶりを振った。

「それより電話、花村店長からの……」

すぐにでもアルミラと話してやりたかったが、今は来客中だ。彼らを放っておいてアルミラと話し込むことはできない。

「その件なら、あとにしようぜ」

柴崎がそう言うとアルミラはこくん、と頷いた。

（アルミラのやつ、やっぱり気にしてるっぽいな。はやく話してやりたいけど、中途半端にはできないし）

それから小島のケーキを前に部下たちと盛り上がっているとアルミラが外へ行ってしまった。

様子がおかしかったから止めようとしたが、彼は柴崎を振り切って行ってしまった。

小島のケーキを口にしても、アルミラのことが気になってほとんど味がわからない。

携帯は持って行ったようだったので何度か連絡を取ろうとしたが、アルミラは出てくれなかった。

よほど表情に出ていたらしく、気を利かせた三人はそれからすぐに暇《いとま》を告げた。既に帰り支度をすませた宮川のもとへ飯野がすり寄って行く。

「あの宮川さん、もしよかったらこのあともう一軒行きませんか？　すごく雰囲気のいいバーがあるんですけど、ブルーチーズが絶品で」

「うーん、遠慮しとく」

飯野のことばをすっぱり遮り、宮川は笑顔で断った。

「そうですか。じゃあ、あの、また日にちを改めて」

「日にちを改めても行かないかな。私、結構好き嫌い多いんだよね。飯野君と楽しく食事できないかなって。無理矢理嫌いなもの食べさせられたら最悪だもの」

「え。あ、あの。違……っ」

おたおたする飯野を一瞥し、宮川はまっすぐ柴崎を見上げて言った。

「アルミラ君に謝っておいてください。勝手に押しかけて、苦手なチキンを食べさせてしまってごめんなさいって」

宮川のことばにぎょっとする。

「アルミラがチキン？　あいつ肉を食べられないのに!?」

宮川は難しい顔をして飯野へ視線を向けた。青い顔で視線を逸らす飯野に殺意を覚えた。

「あの、柴崎係長、誤解なんです……！　俺は別に」

「殴られたくなければ今すぐ出て行け」

「か、係長……！」

「帰れ！」

今まで出したことのない声が出た。ガクガクと足どころか全身を震わせて飯野が部屋から出て行く。宮川も無言で頭を下げ立ち去った。

玄関に、小島と柴崎がふたりきりで残される。

「アルミラ君、まだ連絡がとれないんですか」

「ああ……参った」

心底弱り切って呟く。小島が気遣わしげな眼差しでこちらを眺めていることに気がついた。部下に心配をかけるなんて上司失格だ。

「雰囲気を悪くしてしまって申し訳ない。小島さんも早く行ったほうがいい。本当は送るべきなんだろうが……」

「いえ、そんなのいいんです。私――」

躊躇《ためら》ったあと、小島が思い切った様子で切り出した。

「お弁当の件、もしご迷惑じゃなければ本当に作ってきますから」

好意はありがたいと思うが柴崎はアルミラのことで頭がいっぱいだ。

「いや、恋人でもないのにそんなことして貰うわけにはいかないよ。俺みたいな男のことまで気にかけてくれてありがとう」

「私じゃ、恋人になれませんか?」

顔を上げて小島が言った。バッグを持つ両手が小刻みに震えていて、彼女がどれだけ勇気を振り絞って言っているのかよくわかる。

「最初係長に会った時、正直に言うと私ちょっと怖かったんです。……でも今は違います。係長はとても優しい人だってわかったから……誰かが困っていたらさりげなくフォローしてあげたり、私も係長に何回助けて貰ったか……」

「それは仕事だからやってるだけで、俺は何も特別なことはしていないよ」

「だからです」

小島は声を強くした。大きな瞳をキラキラさせて柴崎を見上げる彼女は息を飲むほど綺麗だ。こんなに可愛くていい子がどうして自分のような男に惚れているのか意味がわからない。

「お年寄りでも若い女性でも中年の男性でも……どんな人相手にだって親切な柴崎係長が好きです」

今まで柴崎のことを気に入ってくれる女性は確かにいた。彼女たちは柴崎の外見に惹かれ、その外見に見合った男らしさを求めた。多少乱暴でも女性をグイグイ引っ張る強引さや積極性など――少なくとも小動物が大好きでリスやうさぎをさん付けするような男はお呼びじゃなかった。

だが小島はきっと違う。柴崎の内面を認めてくれている。こんな理想の女性はこれから先自分の人生にはきっと現れないだろう。だが。

柴崎は己の部下に頭を下げた。

「ありがとう、小島さん。君の気持ちはとても嬉しい。でも、どう考えても俺に君は勿体なさすぎる」

「そんなこと……」

なおも言い募ろうとする彼女に柴崎はごめん、と謝った。小島から告白されているにも拘わらず、頭の中はアルミラのことでいっぱいだ。

我ながらバカな選択だと思う。でも自分に嘘を吐いても仕方がない。一番大事なのは誰なのか、もう柴崎のなかで決まっているのだ。

「俺、アルミラのことを探さなくちゃいけないから」

切羽詰まった柴崎の顔を見てごねることなく小島は頷いた。それじゃあ、と彼女を玄関の外へ送り出す。扉越しに三人分の靴音がゆっくり遠ざかっていった。

後片付けもそのままに、柴崎はアルミラに電話をかけ続ける。そしてようやく繋がったと思ったら――。

『柴崎、俺山に帰る』

衝撃のあまり、すぐに返事ができなかった。引き止めたいのに頭が真っ白でまともにことばが出てこない。

柴崎のことは嫌いじゃないと言ってくれた。だが人間の世界はアルミラにとって過ごしやすいものではなかったようだ。

（そんなの当たり前だ。いくら日本語を喋れて人間の姿をしてたってアルミラは人間じゃない。俺がもっとおまえのことを気にかけてやってたら……）

後悔が怒涛《どとう》のように押し寄せる。アルミラの故郷に連れて行くという約束だって――柴崎はまだ果たしていない。アルミラを引き止めたかった。

『もう、無理なんだ。じゃあな、柴崎』

震える声でそれだけ告げると、アルミラは通話を切ってしまった。柴崎は呆然とその場に立ち尽くす。

「アルミラ……！」

慌ててかけ直してみたが、電源を落としてしまったらしく無機質なアナウンスが冷たく応答するだけだ。

がしがしと後頭部をかき乱し、ふうと重たい溜息を吐く。

（そりゃ、いつかは帰るとは思っていたけど……）

彼の意思を尊重してやりたいと思うが、どうしても諦めきれない。山に帰るのは仕方がないにしても、このまま顔も見ずに別れるなんて絶対に嫌だ。

（取り敢えずＧＰＳで居場所を調べて迎えに行くか）

車のキーを手にとったところで、柴崎は放置されたままの料理に気づく。ピザやチキンはともかくケーキは冷蔵庫に入れなくては駄目だろう。

四人でつついて、まだ四分の一ほど残っている。アルミラと柴崎で分け合ってちょうどいいくらいの量だ。

(あいつ、ケーキ残しておけって言ったくせに)

ケーキを載せた皿ごとラップをして冷蔵庫の中へ入れる。その時初めて柴崎は気がついた。

(あれ……なんだ、これ……)

キッチンの調理台に皿を置き、柴崎は冷蔵庫を覗き込んだ。大きな皿の上に載ったケーキはクリームがところどころ剥がれているし、いちごは傾いていて、デコレーションがぐちゃぐちゃだ。

(アルミラが、作ったのか?)

ベッドでのうたた寝から目覚めたとき、彼はどんな顔をしていただろう。バイト先で嫌な思いをして、ひとりで部屋に帰った彼はこのケーキを作って柴崎のことを待っていてくれた。

小島の作ったケーキを皆で食べていた時、アルミラはどんな顔をしていたのか。どうしても思い出せない。柴崎は自分のことを殴りつけたかった。

「くそ!」

靴を履いて扉を開く。鍵をかけるのさえもどかしく、気が狂いそうになる。

（アルミラ、アルミラ……！）

エレベーターを待っていられず、階段を数段飛ばしで駆け下りた。

彼が望むなら、山へ帰ったっていいのだ。でもその前に柴崎はアルミラに伝えなければならないことがある。

（アルミラが好きだ）

彼が望むなら山にだって故郷にだって一緒に行ってやる。

（頼む、どうか間に合ってくれ）

エンジンをスタートさせながら、スマホのサーチ機能を起動させる。アルミラに持たせているのはキッズ携帯のため、本体の電源を切っていてもＧＰＳ機能は生きているのだ。

「アルミラが今も携帯を持っててくれたらいいんだけど」

助手席にスマホを置いて、柴崎は車を発進させた。赤信号に引っかかるたび、苛立ちで叫びだしそうだ。

カーナビの時計は午前二時半を示している。アルミラはほとんど金を持っていない筈だ。

赤信号のたびスマホを確認する。やがてどこかに到着したらしく、ＧＰＳがアルミラの現在地を特定した。

車が向かったのは市内中心部に近い住宅街だ。地価が高いだけあって豪邸と呼びたくなる家が多い。

深夜なのもあって柴崎は徐行しながら目的地へと向かった。

(このへんの筈なんだが……ええと)

近くまでやって来て、柴崎は何度も位置を確認した。できれば自分の間違いであって欲しいと願ったが、残念ながら間違いではないらしい。

「う、嘘だろ……」

立派な門の前に黒スーツの男が立っている。どこからどう見てもその筋の人間だ。表札に記された名前を柴崎は幾つかの単語とともにスマホで検索してみた。

(やっぱり……青竜会五代目組長……住所も間違いない)

門を素通りし、柴崎は死角になる場所で車を止めた。思わず両手で頭を抱える。

(確かアメリカからこっちへ連れて来られた時、ヤクザに捕まったって言ってたよな。もしかしなくともこいつらなのか?)

焦燥感で胃の底がチリチリする。柴崎は深呼吸を繰り返した。

(焦るな。しっかり頭を働かせろ。下手に突っ込んでも相手は本物のヤクザだぞ。顔だけの俺とは違うんだ)

アルミラを助け出せるのは自分しかいない。失敗は絶対に許されなかった。

ぎり、と奥歯が砕けそうなほど食いしばる。柴崎は車を発進させることにした。このあたりは高級住宅街だ。不審な車両だと見咎められて通報されるかもしれない。騒ぎを起こせば青竜会の人間にも警戒される恐れがあった。

マンションへ戻る道すがら柴崎は休むまもなく必死に考えた。

（どうする、どうしたらアルミラをあそこから助け出せる？　警察に連絡して……確か高校の同級生に警察官になった奴がいた筈だ。連絡先、まだ生きてるか？　だがモタモタしているうちにアルミラの居所を移されたら？）

アルミラを捕らえたヤクザたちはアルミラの正体をどこまで知っているのだろう。彼から聞いた話だと、組長は彼の乳を精力増強剤くらいに思っていたようだ。

（でもそれだけじゃないとすぐに気づく筈だ）

自宅マンションの駐車場に着いて、柴崎はぐったりシートに凭れた。じっとしているのが苦痛で仕方がない。本当だったらあのまま組長宅に押し入ってしまいたかった。

（アルミラ……）

やくざなんてケダモノ連中の群れに放り込まれ、アルミラが無事でいられると思えない。彼の乳は薬になるから命を取られるような心配はないだろうが、貞操の方はどうだろう。

組長は少年も襲うのだと聞いた。アルミラは少年ではないが、なにしろあの美貌の持ち主なのだ。組長が大丈夫だったとしても手下の猿が彼に襲いかかる恐れがある。

（もしもあいつに手を出したら……誰だろうと殺してやる……）

一度マンションへ戻り、柴崎はソファに横たわった。仮眠を取ろうと思っても神経が昂ぶってしまいまんじりともせず夜が明ける。

洗面所に入った柴崎は鏡を見てぎょっとした。

(たった今、殺《や》ってきましたって顔だな……)

目は暗く淀み、隈が濃い。まばらに生えた無精髭が荒んだ印象に輪をかけていた。鏡から一度目を逸らし、柴崎はふたたび自分の顔に向き直った。

(そうだ……こうなりゃいっそ、ヤクザになってやる)

ネクタイを外し、皺になったままのスーツで家から飛び出る。今月はイベントが多く何度か休日出勤をしていたため今日は代休を取っていた。

(八時はさすがに早いよな……。ヤクザって朝早く活動しているイメージないし)

午《ひる》近くになるのを待って組長宅へ向かう。車で乗りつけ、門番の男に「佐藤」だと適当に偽名を告げた。よくある名前なのでどこかに佐藤というヤクザがいることに賭けた。

「あぁ、いったいどこの佐藤だ？　こっちは何も聞いてないぞ」

どう見てもまだ三十前の若者に凄まれ、柴崎は内心怯んだ。だがここで引き下がるわけにはいかない。

柴崎は車から降りると、額がくっつきそうな距離で門番を恫喝《どうかつ》した。

「何も聞いてない？　だったら今すぐ行って確認してこんかい！」

緊張のあまり声がひっくり返ったが、門番は柴崎の迫力にヒッとちいさく声を漏らした。

慌てて屋敷の中に駆け込む姿を見て、今さらのように全身が震えてくる。門の中に車を停め、柴崎は庭を横切った。

（正面から乗り込んだらさすがに捕まるだろうからな……）

見事に手入れされた日本庭園を眺めながら入り口を探す。やがて池の向こうに縁側を見つけた。そこへ向かう途中、植え込みのそばに一匹の猫がいることに気がつく。

無意識のうちに足を止める。じっと見つめていると猫のほうからすり寄ってきた。

（こんな時になんだが……なんて愛らしい猫さん！）

短い足でトコトコ歩く姿は愛嬌たっぷりだ。柴崎は大の小動物好きだが、犬も猫も馬も羊も、とにかく動物全般が好きだった。

甘えた声で鳴かれると、素通りなどできない。アルミラを探さなければと思いつつ、うっかり猫を抱き上げてしまった。

嫌がりもせず柴崎の腕の中でおとなしくまるまる猫ににやけていると、背中に鋭い声が投げかけられた。

「あんた、そこで何してんの？」

腕の中の猫が耳をぴくっと動かす。

「俺は……」

振り向くと二十代前半くらいの青年が、じっとこちらを睨んでいた。艶やかな黒髪、大きな瞳が印象的で、白いTシャツに細身のジーンズを身につけている。小柄で細身な姿はアイドルのようだ。どこからどう見てもヤクザには見えない。

返事に窮する柴崎をよそに、青年は「あれっ」と声をあげた。

「菊丸じゃん。どこにいたんだよ、おまえ」

返事をするように猫、菊丸は「なう」と返事をした。青年は眦を緩ませた。

「もう、ずっと探してたんだぞ。全然見つからないから、屋敷の外に逃げて迷子になったかと思ってたのに。おまえが僕以外の人間に懐くなんて珍しい」

「マンチカンですか、とても可愛い子ですね」

柴崎から菊丸を受け取りながら青年はにこやかに言った。

「ありがとう。あんた猫が好きなの？」

「はい」

こっくりと力強く頷くと、青年は小首を傾げてみせた。

「あんた誰？　新入りが来るなんて聞いてないけど」

何か上手い方便はないものかと柴崎は頭を巡らせる。あまりにも行き当たりばったりに屋敷に侵入してしまった。

「俺は佐藤と言います。今日はその組長に呼ばれて――」

言いかける柴崎のことばを青年は「あ！」と大きな声で遮った。

「あんた、ひょっとしてアイツのこと助けに来た？」

「えっ」

「昨日金髪のイケメンがここに連れて来られたんだけど……違う？」

動揺して絶句する柴崎を見て青年はニヤリと笑ってみせた。

「やっぱりな〜。来いよ、そいつのところまで案内してあげる」

猫を抱いたまま、スタスタと歩いていく青年のあとを柴崎は慌てて追いかける。

「あ、あの、どうして……」

柴崎自ら正体をバラしているも同然の問いだった。だが青年はあっさりと言い切った。

「僕ヤクザ大嫌いだから、ヤクザかそうじゃないかすぐわかるんだよねー」

「あいつのこと連れて帰ってもいいのか。どうして会ったばかりの俺に協力してくれるんだ」

青年は足を止めないまま、柴崎を見上げて笑顔を浮かべた。

「僕さ、ここの組長の愛人なの。あの金髪のイケメンは組長の趣味とはちょっと違うけど同じ屋根の下にあんなのがいると思うといい気持ちしないわけ。今ちょうど組長は出かけていないから、早く連れて行って」

途中、門番の男がこちらを見て、慌てて詰め寄ってきた。柴崎はぎくり、と足を止める。

「あんた、この男……っ」

青年が落ち着き払った様子で答えた。

「佐藤さんって言って僕のお客さん。なんか問題ある？」

「いや、あんたの知り合いならいいんだ……」

微妙な顔をしながら、門番が引き下がる。青年が協力してくれて助かった。

何度か角を曲がったところで、青年が足を止める。

「ここだよ」

案内されたのは屋敷のかなり奥まった場所だった。ある扉の前に立ち、青年はジーンズのポケットから鍵を取り出した。扉の鍵を開ける。

部屋はシングルベッドと、パイプ椅子がひとつ置いてあり、窓はひとつだけでそこには鉄格子が嵌っていた。

（監禁部屋か）

柴崎はベッドの上に横たわるアルミラを、狂おしい気持ちで眺めた。

柴崎たちが部屋に入ってきたことも気づかぬほど、深い眠りに落ちている。完全に血の気の引いた頬は紙のように白かった。

「アルミラ！」

ベッドに駆け寄り声をかけるが、アルミラは目を覚まさない。強く揺すろうとしたところで青年に止められた。

「たぶん薬で眠らされてる」

「薬って……」

ベッドの脇に膝をつき、柴崎はアルミラの前髪をかきあげた。顔が整っているせいで、意識がないとどこか作り物めいて感じてしまう。

「僕行くけど、鍵をかけて待っててね。僕が戻ってくるまで絶対にドア開けちゃ駄目だよ」

柴崎にひと声かけて青年が部屋から出て行く。ああ、と頷き柴崎は気を取り直した。

「アルミラ……」

取り敢えず彼の目を醒まさなければ。シーツを捲るとアルミラは下着さえも身につけず、全裸で眠らされていた。

「くそっ」

ざっと見たところ身体のどこにも悪戯された様子はない。安堵するのはまだ早いと思いながら柴崎はほうと息を吐いた。だがここで安心している場合じゃない。

ぐったりベッドに横たわるアルミラを眺めているうちに、柴崎はハッとした。

「そうだ……」

小声でごめん、と謝ってからアルミラの乳首を口に含む。すこし強めに吸い上げると馴染みのある甘い液体が滲んできた。

それをできるだけ口のなかに溜めてから、今度は口移しでアルミラへ飲ませてやる。

（頼む、飲んでくれ……）

こく、とアルミラの白い喉が蠢いて、嚥下する音が聞こえた。何度かそれを繰り返すとアルミラが「んん」とむずかるような声をあげる。

「アルミラ、アルミラ……起きてくれ。アルミラ」

髪を撫で、瞼に何度も口づける。長い睫が震えやがて美しい虹彩が現れた。

「しば、さき……？」

「……ッ」

歯を食いしばり、必死に涙を押し留める。ここで泣いている場合じゃない。アルミラをこの屋敷から連れ出さなければ。

ぐい、と肩を捕まれ顔を覗き込まれる。

「おまえがここにいるってことは……とうとうヤクザになったのか？」

ありがたいことに涙が引っ込んだ。柴崎は苦笑して言った。

「なってないから。おまえを助けるためにヤクザのふりをして屋敷に侵入したんだ。生まれて初めてこの顔に感謝したぞ」

アルミラがふっと口元を緩ませる。柴崎の肩に額を押しつけてちいさな声で言った。

「俺は……おまえの顔、嫌いじゃないよ」

さっきまで真っ白な顔色だったが、今は耳まで赤くなっている。ベッドの上であまりよろしくない展開だ。特にアルミラが素っ裸の現状では——何もかも放り出して押し倒したくなってしまう。

アルミラがぽつり、と呟いた。

「俺、山に帰るって言ったんだぞ」

「ああ、おまえが帰りたいなら帰ってもいい。どこへ行こうと、俺はおまえのことを見つけ出してやるからな」

室内に静寂が訪れる。そっとアルミラの肩を抱きしめ髪の匂いを嗅いだ。シャンプーの匂いにほんの少しアルミラの体臭が混じっている。いい匂いだ。我ながら変態くさいと思いつつ、胸いっぱい息を吸い込んだ。

「俺はアルミラのことが好きだ。大好きだ」

アルミラは答えなかった。柴崎の背中に緊張の汗が伝う。やがて低い声でアルミラが言った。

「豆餅より？　あの家に来た女より？」

どこか不貞腐れた声に頬が緩む。アルミラのうなじを眺めながら柴崎は頷いた。

「豆餅より小島さんより、この世の誰よりもおまえのことが一番好きだ」

ようやくアルミラがおもてを上げる。涙で潤む宝石のような瞳に自分の顔が映っていることに感動した。アルミラがへにゃっと笑ってみせる。

「俺も柴崎のことが一番大好き」

可愛すぎて、あやうく心臓が停止しかけた。

相手の背がしなるほど強く抱きしめる。アルミラの呻く声に慌てて解放した。謝るとアルミラは嬉しそうにかぶりを振る。

温かい手が背中を撫でてくれる。ほっとしていると、こてんと肩に重みを感じた。アルミラがそっと凭れかかってくる。

「柴崎……助けにきてくれて、嬉しい」

「アルミラ」

「おまえがここに来てくれた、それだけで俺……」

髪を撫で額に口づける。目と目が合ったのを合図にして、互いの唇が自然に重なった。

さっき口移しで乳を与えたばかりなのに、触れるだけのキスで指が震える。ヤクザ面の男が似合わないにもほどがあった。

唇を離した瞬間、柴崎と掠れた声で名を呼ばれる。引き止められた気がして、柴崎はふたたびアルミラに口づけた。

ガチャリ、と鍵の開く音がして扉が開く。慌てて身を離そうとしたが、アルミラの手が後頭部に添えられて無理だった。

青年が柴崎とアルミラを見て呑気に笑う。その足元には菊丸がまとわりついていた。

「お見苦しいところをお見せしてすみません」

ようやくキスを解き、柴崎は赤い顔で頭を下げた。

「ねえ、お邪魔しちゃったみたい」

「ラブラブだねー」

さきほどの青年がたちの悪い笑みを浮かべて立っている。そしてその背後には両手に着物らしきものを抱えた青年が控えていた。顔立ちは似ていないのにふたりの雰囲気はそっくりだ。

柴崎越しにアルミラが言った。

「あ！　あんたたち、あのときの……」

「そうそう、久しぶり～」

気軽に返事をしながら青年はアルミラに着物を着付けてゆく。されるがままになりながらアルミラは呑気に言った。

「へえ、着物って着るの大変なんだな」

「慣れるとそうでもないんだけどね」

状況がわかっているのかいないのか、アルミラはずいぶんと楽しそうだ。長身の彼が着ると裄丈《ゆきたけ》と着丈がすこし短かったが、上から外套《がいとう》を羽織れば誤魔化せる。

「草履はちょっとちいさいけれど、我慢して」

外套についているフードでアルミラの髪をすっかり隠しながら青年は言った。ベッドの上で丸まっていた菊丸を抱き上げながら片割れの青年が扉を開く。

「こっちだよ」

途中、組員とすれ違い緊張したが、特に見咎められることはなかった。長い廊下を進みようやく玄関までたどり着く。

見張りの男がこちらを振り向いたが青年たちと柴崎を見て正面へと顔を戻した。

「本当にありがとうございました」

「こっちこそ久しぶりに楽しかったよ」

「じゃあね～」

それだけ言うと、おお寒いと呟いて青年たちは屋敷の中へと引っ込んで行く。その背を見送り柴崎はアルミラの手を引いて車へと向かった。

その時だった。

車の走行音が聞こえ、Sクラスの白いメルセデスベンツが門の中へ入ってくるのが見えた。見張りの男が最敬礼しているのを見て、乗っているのが幹部か組長だとわかる。

（白のベンツ、ベタだな～）

だがそんな悠長なことを言っている場合ではない。アルミラを助手席に乗せ、柴崎は運転席へと乗り込んだ。エンジンをスタートさせベンツと入れ違いに車を門へと向かわせる。

こちらの様子を不審に思ったのか、ベンツから組員が降りてきた。止まれ、と合図するのを無視してアクセルを踏み込む。

組員の男が追いかけてくるのが見えた。ベンツもこちらを追ってくる。

「シートベルトをして伏せていろアルミラ！」

恐怖とアドレナリンで顔が勝手に笑う。ルームミラーには現役のヤクザも裸足で逃げ出しそうな凶悪な顔が映っていた。

激しいクラクションと悲鳴のようなブレーキ音を聞きながら柴崎はさらにアクセルを踏みしめた。

目の前の信号が赤に変わる。

十字路で交通量もかなり多そうだ。額に滲む脂汗のせいで視界が歪む。アスファルトを擦る耳障りな音が背後から迫ってきた。

柴崎は吠えながらアクセルを踏みしめた。青信号で前進してきた車と接触しそうになりながらギリギリやりすごす。

そこから自宅マンションまでどうやって事故らず戻ってこれたのか記憶がない。駐車場に車を入れた途端、柴崎は脱力して魂が抜けそうになった。

ほとんど徹夜でヤクザの屋敷に殴り込みに行ったのだ。

「おい、柴崎!?　どうしたんだよ柴崎、柴崎ったら返事しろ！」

アルミラの声を聞きながら、柴崎は気絶しかけていた。細く目を開けると綺麗に着つけて貰った着物をはだけながらアルミラが叫んでいるところだった。途端に目が大きく開く。

「吸え、早く吸えよ！」

白い胸元とピンクの乳首が視界いっぱいに飛び込んできた。寒いのか小粒な突起がぴんと勃ちあがっている様子がいじらしい。

「お願い、吸って……柴崎吸ってよぉ」

泣きそうなアルミラの声を聞きながら、魅惑の乳首に吸いつく。口の中が甘美な液体で満たされて自然と喉が鳴った。

「は、ぁ、う」

強く吸い上げると色っぽい声が頭上から降ってくる。ほとんど無意識のうちに着物の裾を割り太腿に手を差し入れていた。滑らかな感触を堪能しながら乳首を甘噛みする。

「ひぅ」

もぞ、とアルミラの腰が動く。足の付け根を撫でながら、鼻先で合わせを広げもう片方の乳首に吸いついた。

「あ、ふあ、んっ」

音を立てながら美味しい胸の突起を舐めしゃぶる。脳髄が痺れそうだ。いつまででも吸っていられるな、と思いながら交互に乳首を吸ってやる。

「しばさきぃ……」

啜り泣くようなアルミラの声に柴崎はやっと顔を上げた。アルミラの白い顔は赤く火照り、いつのまにか流した涙で睫毛は重たく濡れ瞳が切なく潤んでいる。

慌ててアルミラから身を離すと着物はすっかり乱れ、肩や胸、太腿の際どいところまですっかり露わになっていた。股間が痛いほど張り詰めてゆく。

「あわわわ……」

動揺しまくる柴崎を見たあと、アルミラはぐっしょり濡れた睫毛を震わせた。

「このまま、交尾するのか？」

カーセックスは男の夢だし、アルミラは据え膳状態だが、ここはマンションの駐車場で人目もある。

ゴミ捨てでよく顔を合わせる三階に住む井上さんが通りすがりにこちらを見ていることに気がついた。

「ひえぇ」

ぺこぺこと、必死に井上さんに頭を下げ柴崎は車から降りた。助手席にまわりアルミラのために扉を開けてやる。

アルミラの乱れに乱れた着物を直してから車外へ連れ出した。

エレベーターに乗った途端、キスを仕掛けてきたのはアルミラのほうだった。熱烈に応えながら尻を両手で揉みしだき、彼がノーパンであることを厳しくチェックする。

(よし、さすがだ。着物の正しい着方をしてやがる)

獣じみた己の息遣いに混じり、アルミラの色っぽいうめき声がエレベーターの湿度をあげてゆく。

目的階に着く途中、清掃のおじさんが乗り込もうとしてきたが、血走った柴崎の目を見て回れ右をした。ありがたく『閉じる』ボタンを押させて貰う。

ようやく部屋にたどり着き、玄関で襲いかからなかった自分を誰か褒めてくれと柴崎は思った。

◆　◆　◆

着物を着たままベッドの上に這わされる。裾を捲って尻だけ晒すと、着衣のままの柴崎が後ろからのしかかってきた。

「アルミラ、すまない」

彼は何を謝っているのだろうか。

自分たちはつがいなのだから、柴崎はアルミラを好きにしていいのに。ぼんやりそんなことを思っていると、狭い場所に柴崎がぐっと押し入ってきた。引きつるような痛みを覚えアルミラは強張る身体を宥めようとした。

先端を潜り込ませただけで、相手から低い呻きが漏れる。

「あっ」

熱く濡れた感触にアルミラは驚いて声をあげた。柴崎が出てゆく。ほっと息を吐くとぬめりを伴ってふたたび奥へと入ってきた。

「んっ、あ、あ」

半分まで入ったところでふたたび柴崎が身を震わせる。熱い飛沫《しぶき》でさらに中が潤った。柴崎の指が三本入ってきて、己の出したものをアルミラの内壁に塗りたくる。

「ふ、くぅ」

アルミラが快感を覚える前に指が引き抜かれ、また太いものが入ってきた。両手で丸く尻を撫でながら柴崎は最後まで自身を埋め込んだ。

「あう、おっきぃ」

十回ほど抜き差しすると柴崎はまた達した。数秒止まっただけで今度は抜かず、すぐに律動が始まる。

「あ、ぁ、う」

ぐちゅぐちゅと、いつのまにか結合部から濡れた音が響いている。柴崎はアルミラの足袋を脱がせ帯を解き着物をすっかり脱がせてくれた。自分の服を脱ぐあいだも彼は腰を止めない。

「あ、あ、あ！」

柴崎の激しい動きにアルミラは声をあげる。四回目を中に注ぎ終えると、ようやく柴崎は出て行った。

乱れた息を整えていると腕を掴まれ身体の向きを変えさせられる。当然のように正面から貫かれ、アルミラは身を捩った。

「あと三回くらい出さないと収まりがつきそうもない」

呻くようなことばとともに、アルミラの中に出しまくった精液を攪拌《かくはん》するように柴崎が腰を蠢かせる。たっぷりぬかるんだ最奥は、どんなに激しく動かれてももう引きつるようなことはなかった。喘ぐ口をキスで塞がれ、互いの腹のあいだで陰茎が押しつぶされる。

「ん、んんぅ、んっぐ」

柴崎はアルミラの一番深いところへ突き入れながら、胸の突起を指でクリクリとこね回した。あられもない声を放ち、今度はアルミラが絶頂を迎える。きつい締めつけに耐え、柴崎はゆっくり抜き差しを再開させた。

甘い余韻に浸っていたアルミラは、息を飲み激しく身悶える。

「ひ、ぁ、ああ」

波が引く前に新しい波がやってくる。息も絶え絶えなアルミラを慰めるように、柴崎がぎゅっと抱きしめてくれた。頬ずりすると、ざらざらした髭が肌に当たる。

「アルミラ……まだいけるか？」

黙って頷くと柴崎が身を起こす。一緒にアルミラも半身を起こした。抉られる角度が変わって奥がジンと疼いた。

悪戯な指に乳首を摘まれて、柴崎をねっとり締めつけてしまう。柴崎は動きを止め、アルミラの動きを堪能しているようだった。

アルミラの背骨を一本ずつ指で辿ってゆき、最後に尾てい骨をくすぐる。

「ん、あっ」

ぴくん、と身を跳ねさせてアルミラは腰をもじつかせた。どうしてさっきのように動いて中を擦ってくれないのだろう。

「アルミラ、可愛い。好きだ、好き……」

耳たぶや喉、鎖骨にキスを落としながら柴崎が下から突き上げてきた。

「あ、んっ、アアア」

数度激しく動いたあと、柴崎が動きを止める。腹の奥でびくんびくんと脈動する昂りにアルミラは感じ入る。

「ちょっと休憩……」

繋がったまま、柴崎が上体を後ろに倒す。もう何度も達したあとだというのに、陰茎はアルミラの中で完全には硬度を失わなかった。

柴崎の両手がアルミラの胸や腹を撫で回す。そのまま下腹を伝って下りてきた指が、精液と先走りでぐっしょり濡れたアルミラのペニスをぬるぬると弄った。

「ふ、あ、きもちぃよぉ」

快感に身体を捩ると、偶然柴崎の陰茎が前立腺を掠めた。試しにもう一度腰を使う。悦いところを抉られた媚肉が、柴崎のペニスに媚びようとする。

「俺も気持ちいい、アルミラ……もっとして」

内腿を撫でられて、アルミラは大きく腰をグラインドさせた。柴崎が微かに呻く。彼を翻弄《ほんろう》しているという優越感に背筋が甘く痺れた。

「ああ、あっ、ンああ」

「は。っく、アルミラ……！」

柴崎の身体に見合った大きな掌がまたアルミラのペニスを握りしめる。ぬりゅ、ぬりゅ、と何度か逃すように上下され、思わず弓なりに仰け反った。

突き出した胸の突起をもう片方の手が捻ろうとする。

「ひぅ、ああ、アアア！」

目が眩みまともに開けていられない。上り詰めようとする寸前、猛ったペニスを放り出され、代わりに乳首を押しつぶされた。

「ひう、あっ、なんで……ッ」

恨みがましい悲鳴をあげ、アルミラは悶絶した。柴崎は鋭く息を詰めると、猛然と下から突き上げてきた。

「――」

行き止まりだと思ったところよりさらに深い場所を貫かれ、アルミラは声も出せずにわなないた。

衝撃が強すぎて、ソレが痛みなのか快感なのかさえ判別できない。最奥が狂ったように収縮し、耐えきれなかった柴崎が精を放つ。アルミラは下腹を淫らにヒクつかせ、陰茎からどろっどろっと小分けに精液をあふれさせた。

無理やり引き伸ばされた絶頂に、意識が弾け飛ぶ。怖いと思うよりも早く、強く温かい腕に抱きしめられ、アルミラはほっと息を吐き出した。

エピローグ

柴崎は天国にいた。自然と顔が脂下《やにさ》がる。他人からいくら冷たい視線を向けられようとまったく問題にならない。

「はあああああ可愛いなあああああ」

柴崎の周囲に可憐なうさぎたちがひしめきあっている。いったいどの子から撫でてあげればいいのだろう。そんな贅沢な悩みに頭を抱える。

花村が不思議そうに言った。

「遂におまえにもモテ期が来たのか……」

「女性相手じゃなくてうさぎ相手なのが柴崎さんらしいです」

伊藤の生ぬるい視線に刺されながらも、柴崎は有頂天《うちょうてん》だ。うさぎたちのケージを掃除していたアルミラが肩越しにこちらを振り向いた。目が合うとニコッと微笑む。ふわふわの白いセーターが大変よく似合っていた。プレゼントをした甲斐があったというものだ。

柴崎がうさぎにモテているのはアルミラの匂いが全身に染み付いているおかげだ。別にモテ期でもなんでもない。

そのアルミラであるが無事『さくらむーん』のバイトを再開し、つつがなく過ごしている。伊藤との仲も好調で、最近は他のバイト仲間と一緒に遊びに行くこともあるくらいだ。

職場で小島に避けられ、飯野に怯えられている自分とはえらい違いだ。宮川だけはあれ以来顔を合わせれば軽く立ち話をする仲になった。勿論それ以上は何もない。

(仲良きことは美しきことかな)

だが、そうなると今度は不安も頭をもたげてくる。世の中には柴崎よりいい男もいい女もあふれていて、アルミラならよりどりみどりだ。

だから柴崎は思い切って宣言した。

「そう確かにモテ期かもしれないな。だが、俺がモテているのはうさぎでも女性でもない。何を隠そうアルミラにモテているんだ！　びっくりさせてしまって悪いな。実は俺たちこのまえのクリスマスから付き合ってて、恥ずかしながら超ラブラブ……」

嬉し恥ずかしの交際宣言だったが、柴崎はふとその口を噤んだ。

花村はレジのオープン作業で忙しく、伊藤は勢いよくハンディクリーナーをかけている。

店の隅々まで行き届いた清掃は確かに大事だ。

気がつけば柴崎の発言を聞いているものは誰もいなかった。

(めちゃくちゃ緊張したのに……)

虚しくなって隣にいるロップイヤーのピースを撫でてやる。ちゃんと聞いていたよ、と
でも言うようにツン、と柴崎の膝を突いてくれた。
ひとり不貞腐れていると、アルミラが柴崎を見て笑う。
（まあ、いいけどな）
何故なら隠された彼の長い耳には、柴崎の愛はしっかり届いているのだから。

■あとがき■

このたびは『愛蜜♥誘惑♥ジャッカロープ』をお手に取ってくださり誠にありがとうございます。鹿嶋アクタと申します。

今回はジャッカロープを題材にお話を書かせて頂いたのですが、実は担当のOさんに伺って初めてその存在を知りました。ジャッカロープという架空の動物がいて、ショコラ編集部様で盛り上がっていると。

実は私はうさぎを飼っていることもあり、かねてよりうさぎBLを書きたいと思っていたので、ジャッカロープを知り、思わず食いついてしまいました。

めちゃくちゃ可愛いですよね、ジャッカロープ！

石田先生が描いてくださった表紙のジャッカロープのアルミラが悶絶ものの可愛さで執筆するうえで大変ブーストになりました。ありがとうございます。

今回（というか今回も）本当に楽しく執筆させて頂いたのですが、ひとつだけこころに残っていることがあるんですが、それはアルミラの半獣状態、つまり耳角尻尾ありの姿を本編で登場させられなかったことです。

反省しきりです。精進したいと思います。

それでは最後になってしまいましたが、素晴らしく可愛いかつ麗しい表紙、口絵、挿絵を描いてくださった石田先生、執筆する上で大変お世話になった担当のO氏、なにより本書をお手に取ってくださった読者の皆様に、こころより感謝申し上げます。

それではまたいつか、お目にかかれましたら幸いです。

鹿嶋アクタ拝

初出
「愛蜜❤誘惑❤ジャッカロープ」書き下ろし

CHOCOLAT
BUNKO

この本を読んでのご意見、ご感想をお寄せ下さい。
作者への手紙もお待ちしております。

あて先
〒171-0014 東京都豊島区池袋2−41−6 第一シャンボールビル 7階
(株)心交社　ショコラ編集部

愛蜜❤誘惑❤ジャッカロープ

2019年2月20日　第1刷

著　者:鹿嶋アクタ
発行者:林 高弘
発行所:株式会社　心交社
〒171-0014 東京都豊島区池袋2−41−6
第一シャンボールビル 7階
(編集)03-3980-6337 (営業)03-3959-6169
http://www.chocolat_novels.com/
印刷所:図書印刷 株式会社

Yankees
Baseball

淫魔にもできる簡単なお仕事です

鹿嶋アクタ

イラスト・亜樹良のりかず

セックスしないと死んじゃうんだけど!?

完璧な美貌の人気俳優・理人の正体は淫魔。人間の精気が食料なのに、堅物マネージャーの瀬能が女の子と遊ぶのを許してくれない。セックス依存症と偽って同情を引こうとした理人に、瀬能は言った――「わ、私としませんか」。男とは寝ない主義の理人も腹ペコには勝てず、瀬能に抱かれ気絶するほどの快楽に溺れてしまう。だが目覚めた時、理人の股間には魔力を封じる貞操帯が嵌められ、瀬能は別人のように冷酷になっていて――!?